当代诗人自选诗

石榴马

华万里——著

《星星》历届年度诗歌奖获奖者书系

梁平　龚学敏　主编

四川文艺出版社

星星与诗歌的荣光

梁 平

《星星》作为新中国第一本诗刊，1957年1月1日创刊以来，时年即将进入一个花甲。在近60年的岁月里，《星星》见证了新中国新诗的发展和当代中国诗人的成长，以璀璨的光芒照耀了汉语诗歌崎岖而漫长的征程。

历史不会重演，但也不该忘记。就在创刊号出来之后，一首爱情诗《吻》招来非议，报纸上将这首诗定论为曾经在国统区流行的"桃花美人窝"的下流货色。过了几天，批判升级，矛头直指《星星》上刊发的流沙河的散文诗《草木篇》，火药味越来越浓。终于，随着反右运动的开展，《草木篇》受到大批判的浪潮从四川涌向了全国。在这场声势浩大的反右运动中，《星星》诗刊编辑部全军覆没，4个编辑——白航、石天河、白峡、流沙河全被划为右派，并且株连到四川文联、四川大学和成都、自贡、峨眉等地的一大批作家和诗人。1960年11月，《星星》被迫停刊。

1979年9月，当初蒙冤受难的《星星》诗刊和4名编辑全部改正。同年10月，《星星》复刊。臧克家先生为此专门写了《重现星光》一诗表达他的祝贺与祝福。在复刊词中，几乎所有的读者都记住了这几句话："天上有三颗星星，一颗是青春，一颗是爱情，一颗就是诗歌。"这朴素的表达里，依然深深地彰显着《星星》人在历经磨难后始终坚守的那一份诗歌的初心与情怀，那是一种永恒的温暖。

时间进入20世纪80年代，那是汉语新诗最为辉煌的时期。《星星》诗刊是这段诗歌辉煌史的推动者、缔造者和见证者。1986年12月，在成都举办为期7天的"星星诗歌节"，评选出10位"我最喜欢的中青年诗人"，北岛、顾城、舒婷等人当选。狂热的观众把会场的门窗都挤破了，许多未能挤进会场的观众，仍然站在外面的寒风中倾听。观众簇拥着，推搡着，向诗人们"围追堵截"，索取签名。有一次舒婷就被围堵得离不开会场，最后由警察开道，才得以顺利突围。毫不夸张地说，那时候优秀诗人们所受到的热捧程度丝毫不亚于今天的任何当红明星。据当年的亲历者叶延滨介绍，在那次诗歌节上叶文福最受欢迎，文工团出身的他一出场就模仿马雅可夫斯基的戏剧化动作，甩掉大衣，举起话筒，以极富煽动性的话语进行演讲和朗诵，赢得阵阵欢呼。热情的观众在后来把他堵住了，弄得他一身的眼泪、口红和鼻涕……那是一段风起云涌的诗歌岁月，《星星》也因为这段特别的历史而增添别样的荣光。

成都市布后街2号、成都市红星路二段85号，这两个地址已经默记在中国诗人的心底。直到现在，依然有无数怀揣诗歌梦想的年轻人来到《星星》诗刊编辑部，朝圣他们心中的精神殿堂。很多时候，整个编辑部的上午时光，都会被来访的读者和作者所占据。曾担任《星星》副主编的陈犀先生在弥留之际只留下一句话："告诉写诗的朋友，我再也不能给他们写信了！"另一位默默无闻的《星星》诗刊编辑曾参明，尚未年老，就被尊称为"曾婆婆"，这其中的寓意不言自明。她热忱地接待访客，慷慨地帮助作者，细致地为读者回信，详细地归纳所有来稿者的档案，以一位编辑的职业操守和良知，仿佛春风化雨，润物无声地温暖着每一个《星星》的读者和作者。

进入21世纪以后，《星星》诗刊与都江堰、杜甫草堂、武侯祠一道被提名为成都的文化标志。2002年8月，《星星》推出下半月刊，着力于推介青年诗人和网络诗歌。2007年1月，《星星》下半月刊改为诗歌理论刊，成为全国首家诗歌理论期刊。2013年，《星星》又推出了下旬刊散文诗刊。由此，《星星》诗刊集诗歌原创、诗歌理论、散文诗于一体，相互补充，相得益彰，成为全国种类最齐全、类型最丰富的诗歌舰队。2003年、2005年，《星星》诗刊蝉联第二届、第三届由中宣部、国家新闻出版总署、国家科技部颁发的国家期刊奖。陕西一位读者在给《星星》编辑部的一封信中写道："直到现在，无论你走到任何一个城市，只要一提起《星星》，你都可以找到自己的朋友。"

2007年始，《星星》诗刊开设了年度诗歌奖，这是令中国诗坛瞩目、中国诗人期待的一个奖项。2007年，获奖诗人：叶文福、卢卫平、郁颜。2008年，获奖诗人：韩作荣、林雪、苿萸。2009年，获奖诗人：路也、人邻、易翔。2010年，获奖诗人、诗评家：大解、张清华、聂权。2011年，获奖诗人、诗评家：阳飏、罗振亚、谢小青。2012年，获奖诗人、诗评家：朵渔、霍俊明、余幼幼。2013年，获奖诗人、诗评家：华万里、陈超、徐钺。2014年，获奖诗人、诗评家：王小妮、张德明、戴潍娜。2015年，获奖诗人：臧棣、程川、周庆荣。这些名字中有诗坛宿将，有诗歌评论家，也有一批年轻的80后、90后诗人，他们都无愧是中国诗坛的佼佼者。

感谢四川文艺出版社在诗集、诗歌评论集出版极其困难的环境下，策划陆续将每年获奖诗人、诗歌评论家作品，作为"《星星》历届年度诗歌奖获奖作者书系"整体结集出版，这对于中国诗坛无疑是一件功德无量的举措。这套书系即将付梓，我也离开了《星星》主编的岗位，但是长相厮守15年，初心不改，离不开诗歌。我期待这套书系受到广大读者的青睐，也期待《星星》与成都文理学院共同打造的这个品牌传承薪火，让诗歌的星星之火，在祖国大地上燎原。

2016年6月14日于成都

目录

卷一 鹰使天空显得更宽

卷二　我要把那一只蝴蝶喊出来

卷三　石榴树下来了一匹诗歌的马

卷四　向痛苦致敬

卷六　在第一朵和第九十九朵之间

卷八　在波涛和闪电的灰烬中辨认

卷九　短闪电

卷十　群山不再纷纷躲闪

| 卷一 | 鹰使天空显得更宽

鹰

天空显得方了，而鹰，还在

那么圆地盘旋

一圈，又一圈，目光犀利，大翅时而竖立

时而横扫，而铁爪下伸

也许，一个俯冲

就会扯直那个歪曲河流的巨大急弯

或者，毫不犹豫地

提走那座

在江边困惑了很久的山峦

自　白

我是用狼乳和狼嚎喂大的人

所以，我凶狠

我最喜欢吃诗歌，在撕咬完文字的肉后

再啃光词语的骨头

哦，我热爱

我饥饿

我的诗歌里养着一只蝉

我的诗歌里养着一只蝉

宽额头，鼓眼睛

黑褐的身子里装满了金黄的怒气

装满了对冰雪的仇恨

我用李白狂啸的诗句喂它

用杜甫艰难的叹息喂它，用李清照

哀婉而清澈的露水喂它

我甚至还用帕斯捷尔纳克的红酒喂它

用阿赫玛托娃的接骨木花喂它……

我只等它那

让夏天响亮起来的鸣叫

提前将我

一生的寒冷灭掉！

坟墓上的草

我会在往事中怀念自己，我会

在墓碑上纪念自己。亲兄弟一样的草啊

你们为什么

还在摇曳我青春时的露水

你们约住风

绕着我轻声交谈，让那一树玲珑的樱桃

反复出现。你们把星辰，记成

我的歌词了，随时

细哼几响。亲兄弟一样的草啊

你们绿得并不忧伤

只一波一波地起伏，恰似回忆的细浪

鸟不叫，黑与白之间

隔了几个世纪。你们将爱涌来时

就像我18岁时见过的海水

亲兄弟一样的草啊，我已经成为旧人物

衣着和微笑都发黄了。唯一

不变的是我保存在身上的银杏、香樟、紫檀木

以及它们的哑默和清香

一个始终走在前面的人

我看见一个人始终走在我的前面

衣着整齐，动作潇洒

但始终留下背影，不让我看清他的脸庞

有一个人在我的前面

始终走着

由快到慢，由直腰的文字，走成

佝偻的诗句，由青丝如染

走成白发苍苍

由欢乐无边，走成气喘吁吁。但他，始终

不拄拐杖，始终像一位

黄昏中的恋人

意气风发，精神抖擞

当我99岁时，这个始终走在我

前面的人，突然

回转身来，让我大吃一惊——天啦！

这个人，原来

就是我自己！

也许落日坏了

今天的落日好像有点问题，它不够圆

红和光芒也弱到了极点，病恹恹的，昏沉沉的，暮鸟们

见了也感到奇怪。今天的落日虽然在落

不像往日那样落，往日落得很镇静

很从容，即便坠到西山的边上，也容光焕发。今天的落日

不像喝醉了酒，喝醉了酒时，它有

一团好看的惑，像火球，在昼与夜之间滚动

并发出与晚霞摩擦的咔咔声，让看见的人

惊奇得要命，痛惜得要命。今天的落日也不像陷入了沉思

或者受到什么打击，因为落日沉思时

会变重，会变严肃。落日受到打击时，也不会心烦意乱

黯淡失色。我想，也许落日坏了，就像

机器坏了，苹果坏了，雷声或闪电坏了，但我坚信

落日坏了时决不会像鸡蛋一样散黄……

过拆迁楼

在解放碑旁，在会仙楼酒店的后面

在江家巷的右边，那幢

陈旧的大厦被拆掉了，同时

拆掉的，还有我曾经

盘旋而上的楼梯，为她攀登的喘息

还有我像敲棋子一样

轻脆的敲门声，我送进客厅的红苹果

和白栀子。还有我们

拥抱的形状，我们吵架时

惊起的鸽群……而今

这幢大厦不见了，许多往事不翼而飞

那些高处的爱，高处的人

甚至高处的脏，都让我惋惜，都让我

感叹不已。尤其是

13层里的卧室，已经成为天空

也就是说，我同她

睡觉，做爱和梦幻的地方，见不着床

见不着镜子，只有望在空着

痛在空着。只有
挖掘机还在轰隆隆地挖着，推着
只有泪水在眼眶
噙着，转着。我忘记了手里提着什么
我不敢向上仰望
我知道，头顶只有几朵默默浮动的白云

白发苍苍的蚂蚁

那只蚂蚁，已经白发苍苍

身上的衣衫，却黑如黑夜。那只蚂蚁

额头饱满，细小的眼瞳

储藏着神奇的传说。那只蚂蚁

背已呈弓形，它驮走过的

鸟语花香，岂止五吨。那只蚂蚁

劳累后的样子，真像

我的父亲：白发苍苍地歇在碎密的树荫下

心边，仍然有大粒大粒的汗珠

在不停地滚动……

芝麻地

站在芝麻地边，我感到阳光很重

无数的油，开始

在芝麻籽中汹涌，像爱，像甜，像梦

它们小小的身体，快要

被欢乐挤爆。它们关不住的笑声

依然如同开花时分

一节一节地高。我没有在芝麻籽中住过

不了解那种妊娠，那种

缓慢的成长和急速的胀痛。我没有

亲吻过芝麻籽，不知道

它们的苦，它们的涩，它们的累，它们的窄

抑或宽。也许，我点点滴滴的从前

已经被它们汇聚起来

也许，我小粒小粒的哀伤，被它们转换成了

亮晶晶的向往。也许

我思想的虫声，文字的月光，爱情的露水

即将随同它们，走向榨油机

就像我此时，站在

芝麻地边，浑身的油都在喜悦地摇晃

天空一样蓝的事情正在来临

这个上午，天空一样蓝的事情

正在来临。我最初

是看见一丛蓝的花，站在山坡上出神

接着，一只蓝的鸟

叫声中滴着海水。再接着

一位女孩穿着

蓝的裙子，呆呆地看我

好似在看500年前

翩翩的少年郎。最后，风吹宽天空

在巨大的蓝中

一朵白云，正从

先人的墓碑上飘过

记　忆

你是我从前的四月，你是我紫色的桑葚。我们

曾经一同穿过晨露，在田野上飞奔。一对鸟叫着

我们在歌声中对称。一匹岭横着，白雾还是

翻了过去。我们挺立在桑树林边，看风吹了过来

风很有力量，风也很温情，它不想用100年

把人吹薄，它只想用3秒钟，把我们吹得心花怒放

我们笑着，追着，去摘桑葚。当你的小手，伸向

桑枝时，又缩了回来——那儿有一个鸟巢

几只雏雀摇晃着小脑袋惊叫，它们的眼睛

还像我们的爱情，紧紧闭着。你示意我快快离开

你牵着我，蛇一样溜走。这个记忆，我们

记了整整50年。那个鸟巢，也被我们牢牢地

巩固在家庭里。如今，你仍是我从前的四月，从前的

紫色的桑葚。我们因怀念而亲密，因桑叶的青青

在夕阳中路过，忘却了悄悄到来的白发

黑昆虫的遗体停留在一朵雪白的花心

今天，很干净，很清新

我居然看到

黑昆虫的遗体停留在一朵雪白的花心

蝴蝶讶异于

这长有六足的墓地，夜一样

卧在花瓣状的上午

仿佛有谶言

凝固其身。有不可说的暗，那么沉重

压得花屏住了呼吸

只觉出多么的恐怖，多么的不应该

忽然，黑昆虫，被风

稍稍翻动了一下，我感到

花朵的白，猛地一惊

顿时，我也

更加惨淡

疑　问

不知幸福来了后将怎样
口将怎样，手将怎样，芍药花和栀子花们
惊愕后将怎样

依旧是痛苦的遗址
依旧是每日三滴泪水浇在冒烟的伤口
依旧是刀子在刻
锥子在锥。黑蝴蝶，黑蝴蝶，黑蝴蝶
都快遮没内心的红了

而最沸腾的是
那一架野藤的紫，它既不是幸福的长势
也不是痛苦的颜色
同时让人弄不明白：生活
究竟该属于红？抑或蓝

每个问题都与门有关
是开是合

是让一个、八个、数十个女人鱼贯而入

或者将落日

堵在门外

那把幸福捧成小腰身的风还在吹

那把痛苦压扁的石头

布满了月光

黑蝴蝶，黑蝴蝶，黑蝴蝶，搅乱了大家的梦

我不得不问：幸福来了后将怎样

痛苦熄灭之后将怎样

芍药花，栀子花们和铁，流泪之后又会怎样

唯一一茎清醒

如荷，独立

注：读台湾诗人痖弦《乞丐》诗后仿作。

自 问

我为什么背对深海，站在这浅文化时代？我为什么
在哲学中睿智不起来，愚昧得不知所措
我为什么不把右手留给史册，却让
左手，去为谬误挥毫疾书？我为什么睡得
这样的封闭，不让红日在黑暗中长驱直入
我为什么不能从一些词上，刮下雷声和闪电
再仔细地放进悲壮的诗歌？我为什么
把鹰确定成一句口号，而不是壮志凌云的象征
我为什么忽略了文字和露水，被铁锈
反反复复地诱惑？我为什么常常小到极点，不能够
大得亮些？……我为什么不立即停止
这一连串无用的自问？我为什么
不突破为什么的重重包围，自己解救自己

整架紫藤

整架紫藤，紫得这个下午不完全属于伞形
包括它身边的红芍药
白丁香，和我身上的蓝格子衬衣。虬结的藤
穿插的阳光，大挂大挂的花串
像一些悬垂得很好的紫色小故事，或者紫色小诗句
风吹过，我突然感到红的来临
蓝的渗入，骨头和肉里
有一种紫在慢慢调和、浸润，且悄悄扩散
这种时候，我才知道
把天空折起来的不是风，把紫藤吹紫的不是梦
白云很白，鸟从天而降，紫藤毫不惊诧
只在微风中轻轻地摇荡。这种时候
我把红和蓝团结起来
成为紫藤的花，成为自己的紫。从此，我不惊呼
红太猛烈，蓝太深沉。从此
我了解到红的一半和蓝的一半相加，就成为紫色
就成为自己最好的态度
不多一会儿，整架紫藤，紫得无声

几只僧人一样的蜜蜂

携着几钵紫色的花光，返回，念经去了……

三多桥看白鹭晚归

先是一只，一个雪色的字，从北急急飞来

接着是两只、三只、四只……仿佛

断断续续的白句子，又似翩翩而至的银词语

仓促，零乱，夹杂着惶恐的呼应和惊唤

不一会儿，大队大队的白鹭

状如一篇气势逼人的散文，在天空鸣叫着移动

我仰面狂览，飞眼疾读。我不想把它们

读成带羽翮的碑铭，也不准备把它们

读成哀悼和惋惜白昼的祭文。我只读出它们的路

内心的千山万岭。我只读响它们的风声

躲不开的黄昏。白鹭归来了，白鹭回家了

它们要用闪电般的白，让黑暗大吃一惊。它们要将

祖传下的白，盛在巢里，像瓷，像乳

像月光，静静地闪烁，轻轻地荡漾……

当喜鹊产卵的时候

当喜鹊产卵的时候

我在它的巢里

躺着，像一枚椭圆形的小小月亮

我在里面酝酿天空

准备照耀

且有些光芒的疼痛

我感到昨日翻身坐起

今夜很沉，很重，蛋清已不再沉默

蛋黄早透出曙色

我希望诗歌破壳而出

意象白羽红喙，最好的句子

最先睁开眼睛

淡紫淡紫的樱花

淡紫淡紫的樱花，让我的目光

难以放下。我有过

大红大紫的悲愤，有过深紫入骨的哀伤

而我最喜爱的还是

淡紫淡紫的樱花。它像我

诗歌的色调

它像我妹妹的衣裙，它更像我抽屉里

锁着的清香灵魂。我不想

它的红太多，那样

我会浓烈得燃烧。我不想它的蓝太重

那样，我会忆及垮塌的晴空

以及淹溺过我的海水

望着淡紫淡紫的樱花，我也开始变得淡紫淡紫

凝视淡紫淡紫的樱花，我感到

这样的樱花真美

花瓣上，全是我的亲人

一　天

从早晨7:00开始，就有人沿着红日

打马而过。9:30

有人在那人顶上，大雨滂沱

如果雷声还不够

再加些闪电，再加些狮子吼，老虎啸

再加些灵魂的淋

爱情的湿

诗歌的泪。12:00，那个

打马而过的人

正在经过群山，他刚一转过峡谷

上午就从正午，变成了下午

15:20

突降大雪，深忆和浅忘纷纷如同满天大白蛾

全是在灯边枯坐得

不耐烦了，冲天而上，然后

飘洒下来，覆盖了

16:17

让16:18，疑惑到：世界上

是否什么也没有发生

风在大声发问："难道温暖过的人，就不能

寒冷？"17:61，才有人

大声回应："凡是

欠了天空情感的人，体温统统下降15度！"

而17:60，高呼："每个小时

60分钟，何来

17:61？"那几只在雪地，不停地

啄食自己影子的乌鸦

笑而不答

那个打马而过的人，被悬崖认成峭壁

一条藏在马鞭中的河流

在乱峰中

夺眶而出，又戛然断裂，残照下

碎为几段暗红的蛇

随风，金灿灿地飘去

神话中响起神曲

我响起18:00的钟声。那个

打马穿过落日的人

已在18:01，成为过去。但他确实

还在苍茫暮色中

死不回头地飞奔……

| 卷二 | 我要把那一只蝴蝶喊出来

想一想

最近一段时间，忙于爱情

我把冬天都搞忘了。蓦然坐下来，才觉得

身上已经有了冰雪。也就是说

我应该冷静了，应该

想一想骨头上刻得很深的那几朵梅花

想一想那只在雪地，为我

又站了一年的乌鸦，想一想母亲头上的白发

想一想父亲坟头的青草，想一想

那么多喧闹的虫声为什么都睡到了泥土下

想一想文字中的伤口

怎么就少了光芒。想着想着，浑身

就慢慢热了。想着想着

我像附近古寺的红檀树，挺立起来

推开窗户，看见广阔的原野，才知道

自己已经小了。迈出大门，放眼一望

那么多的大山、河流、树木、鸟群、云朵

难道不都是我的爱人

燕子在飞，像一场狂恋

一只燕子，她飞回来的时候

我还在路上

看见她，我紧张了一下

我并不回避天空和她尾部的大剪刀

柳枝飞舞

我在惊喜

春风新得像清水，桃花依然不愿藏在深夜

我一抬头，雨就细了

她就欢叫

燕子在空中飞了一圈就是若干年

也许，就是

半代人的时光

蔚蓝的天上那么多白色的云朵坐着

唯有燕子在飞

像一场狂恋

我要把那一只蝴蝶喊出来

我不同紫藤花对语，我只在它掩映的窗口

凝视，我想把那只蝴蝶喊出来

没有其他的事，我只是想多看它几眼

我只是不想它在她的春梦里睡眠太久，折损了

翅膀和花纹。因为，我知道，爱情

就是一只苦闷之蝶，来自情感的蛹。蝴蝶容易

轻易负伤，喜欢落泪。我要把它喊出来

我的词语为其生，而不能

成为笔画的灰烬。我的诗歌因其惊艳，也许我就能

因一只蝴蝶的爱恋而怒发冲冠。我要把它

喊出来，从闺房的花苞。我要把它

喊出来，那朵花里，不能只有半边春天

过苏小小墓

小小，我的，前世的花苞
今生，疼痛的墓茔
我来杭州，怎能，仅仅是，同你擦身而过

小小，我的诗句，因你
让白堤绿了，虽然，绿得心情不安，但是，小小
我的，春风来访，未曾辜负
你的，燕引莺招

小小，在另一个时代的油壁车上
我就是，你车后
紧紧追赶的翩翩少年郎
而今，虽然
追得老了，但我，对你的爱情，怎敢
生出白发

小小，我在白日梦中，乘着青骢马
叩门，来访，我不是

名门公子阮郁

也不是，潦倒书生鲍仁

更不是，观察使孟浪

我是重庆华生

中国当代艳体诗之王，你当，青眼

小小，你长得玲珑娇小

家住西泠桥畔

人称你为诗妓，我不，这样认为

我说，你更像文学沙龙主持

所以，我在

墓前，献诗一首，几百个文字

胜过，几百支红蜡燃烧

我亦

香烟袅袅

小小，你的傲骨不小，你的漂亮不小

你的芳名不小，小不了的

还有：你的，心上，沉郁的沧海水

粉腮，映退的钱塘潮

路遇的爱情，迟来的爱情，悲绝的爱情

恰似百合花，金雀花

玉簪花，因你，阴影颤动

如幻，如梦

小小，我的，可爱可敬的小小，我来杭州

虽然，你已，香消玉殒

但爱情葬你于

山水极佳处，我来，晚了！但我

是你，肝肠寸断的天空

还像，那位

你搭救过的穷秀才，金榜，题名后

赶来白衣白袍，抚棺

恸哭的知己

小小，小小，因你，我有了七十三愁

每一愁，金钟蔽不散

玉笛吹不了

过柳如是墓

我来时
你离去

这里，青衣，曾经映青山
红颜，曾经恋白发
柳姑娘
忆被忆唤醒，我和我的诗句
流泪了

芙蓉舫上，婚礼，至今
仍有箫鼓回传
红豆山上，取自《金刚经》的："如是我闻"
而得名的"我闻室"
暗合了你
柳如是的名字，让我闻到
柳花如梦
香气是魂

柳姑娘，西子湖畔，绛云楼上

我又见年少貌美的你

陪同，钱老夫子

在并肩俯身

凭栏眺望，一直，望到今天，我来了

如果说，我的爱情

同你们一样

那已是，波澜不惊，美如

柳枝轻摆

何来，旧了的恋情？何来，废了的花园

柳姑娘，断桥

已合拢，水，也不太凉

我伫立在你

花苞样的墓前，恰似，爱慕

如同，敬仰

此地，泥土比琵琶肥沃

空气比官帽清新

柳姑娘，在你，躺着的地方，那么多树木

为你，站得直直，那么多

鸟鸣播下

你名字的，花种子

我来时

你站出，柳姑娘，我虽然是，路过

但我的心，留下了

这里，不是，满目浮云

这里，始终，是爱

过杨贵妃墓

你在香塚中，应该，酒醒了吧？贵妃

夕阳，已在

你的墓碑上，留下，残红千年

我来永济，领奖，全国爱情诗大赛一类

同你的龙床春梦，牡丹花影

有些纠葛，但我

并不说破，任我，身上带来的五老峰松涛

在你墓前，暗自，轻吼

倘若我是李白，我也会，应邀而来

让高力士脱靴，磨墨

为你，献诗

误入你摆好的风流阵，疯癫癫，一支

天才妙笔，顿时

酩酊大醉，写出了"云想衣裳花想容"的

绮丽名句，唯有

新月，微醺

你浸入华清池的那瞬，陪浴的玄宗皇帝

将你，波面，露出的

半截玉体

认作了，出水芙蓉，一对高耸的雪乳

让大唐江山，矮下，三千丈

你的回眸一笑百媚生

依然，在一点肚脐显露，这小小的，引出了

天宝大乱的烛天烽火

我不是李龟年，也不会，成为你的乐谱

那些宫女的嫩喉，放出的娇艳声

那些太监的怪嗓，尖调的闷唱，全是

灰烬，尽管你

不知道：玄宗已将你的三姐，虢国夫人，睡了

而且还对着宫女炫耀

哎！碎了，碎了！玉环，终于碎了

碎在渔阳鼙鼓

碎在闻名于世，因此，发明了乳罩的"禄山之爪"

碎在三军鼓噪，碎在一束白绫

碎在一株，失声

痛泣的梨树，碎在荔枝不在，再无

妃子笑，碎在白居易

哀婉的《长恨歌》，碎在一曲

令三千后宫，无颜色的

《霓裳羽衣曲》

你真的应该睡醒了，贵妃，杨玉环

放出你墓中的夜色吧

天下，清清朗朗

满是，月光

哀鱼玄机

一位才女竟然成了放荡纵情的女道士

也许，你们错误地做爱时
床也不正确

也许，你们欢愉到极致
悲哀已经悄然来临

也许，爱河里根本不该出现你这条鱼

也许，你不该贴出
"鱼玄机诗人候教处"的红纸告示

也许，由此，你误招来了
李亿、左名扬、李近仁、陈韪一班
没有爱情信仰的苍蝇

也许，你的腹部难以成为圣地

也许，那些富商文人

只懂得在你身上

寻找取乐方式，而毁了你的清白

也许，你早已迷乱

花间刺，带毒针，插满你的内心

也许，当你痛悔不该误杀

侍婢绿翘时

而斩刀闪电般来临

也许，有人在杀场为你扼腕痛惜

也许，当"呜呼！哀哉！"四起时

血如花色汹涌

也许，紫藤架下，你的孤魂

水一样徘徊

也许，你唯一最纯洁的老师

兼作朋友的温庭筠

其貌甚丑的"温钟馗"还在为你这位美人默哀

也许，他正独立月下

含泪背诵你的诗句："门前红叶地，

不扫待知音"

也许，从此天地间多了难以形容的愁怨

也许，那个朝代的鱼

一齐为你浩叹："玄机败露，鱼岂安在！"

唉！一位多情才女，留下的，竟然是

如此的挽歌

在秦淮河边同李煜相遇

我打马而来，"千古词帝"李煜

正好从他的一阕词中

经过

我们相遇

粲然一笑

我先想同他缓辔而行

但转念一想：不妥！我还是下马为好

人家毕竟当过皇帝

于是，我将白马拴在五代十国期间

一柱残留有烽火余烬的石桩

它的身边，依然

柳色青青

仍有南唐丽人抱琴曳裙地翩翩来来往往

李煜已经没有龙车相伴

随身，只带了一朵云

我同他并肩漫步，顺着一条飘满花瓣

尚未洗尽金粉的秦淮河水

他不再吟咏"风中落花谁是主"

"壮气蒿莱"

"问君能有几多愁？恰是一江春水向东流"

我也不想告诉他：历史是个什么东西

我们只谈花开，酒醒

离愁，别恨

不再论及一晌贪欢的金鹧鸪，枯干了

彩墨的纸鸳鸯

以及剪不断、理还乱的恐惧和感叹

我顺便同他耳语："最近，冒出一位女诗人

她写下了这样一句诗——

'我要穿过大半个中国来睡你！'"

我原以为他要莫名惊诧

谁知，他只淡淡一笑，若无其事地

喃喃赞美："勇气可嘉

勇气可嘉！"

我顿时明白：李煜听过的雷霆之音太多了

何况，他还写过"诗随羯鼓成"

渐渐，他的眼里下雨

我也感到湿润，暮色扑面而来，我俩还得

在这人间寻个安顿处

刚好，前方划来一艘梦船……

哀江南

黄鹂叫得江南哀伤

像我们

不再沉默

杭州的西湖已经装不下雷峰塔的爱情

断桥肯定断了

一部《白蛇传》，未能

完好无损

怪只怪世上法海太多，痛苦匆忙

苏州的丝绸托不稳寒山寺的钟声

虎丘的斜塔

谁来扶正？乌鸦枉自

误读了《五人墓碑记》，磨剑石上，有人

想磨剑杀春

扬州看不见更多的才子佳人

在烟花三月而来

瘦西湖早就长胖了，画舫中载着的游客

何必那么多的愁？二十四桥

明月夜，少了

吹箫的人，梅花与往事，飞快凋零

幸好还有金陵值得怀念

十里秦淮河的胭脂

湮灭得让人心疼，我是多么的想，见一见

李香君、柳如是，寇白门们

即便在镜前一闪

那也是香艳的惊喜不灭

黄鹂叫得江南哀伤

更多的伤口中，出现了我们

爱情把我逼到鲜艳的角落

爱情把我逼了大半个世纪

爱情把我逼到鲜艳的角落

爱情把我逼掉了身上的枯枝败叶

爱情把我逼成了鸟语花香的钢铁

爱情把我逼得热泪滂沱

爱情把我逼回水晶之中

爱情把我逼上爱情的梁山

爱情把我逼得插翅难逃

爱情啊爱情

你把我逼得白发转青

爱情啊爱情

我是多么的爱你

致王实甫

你把爱情写大了！大到天空吃惊

大到要用整个春天来包容

大到从古到今的泪水不够用，大到全世界都在为

张生和崔莺莺忧伤、焦虑、唏嘘、欢呼

你把爱情写宽了！宽到大海自愧弗如

宽到天涯海角都有西厢

宽到五湖四海都有美色动人，宽到千种相思

在四面八方找到诉说

宽到天下有情人都成了眷属

你把爱情写高了！高到银河边的牛郎织女

羡慕得不得了，高到不懂

爱情的星座，懂得了什么是男人和女人最亮的位置

懂得了如何让爱情光芒四射

高到我所有的艳体诗之顶，让我的诗句

不停地为无情的拆散吟唱："悲欢离合一杯酒

南北东西四马蹄！"

你把爱情写长了！长得比我的愁肠还长

长得比我的春思还长

长得比爱情的地平线还长，长得风流，长得倜傥

长得人见人爱

长得情史留名，长得碧云天，黄花地，不再西风紧

你把爱情写亮了！亮得如花间美人

亮得如贵妃出浴

亮得如绿珠采莲浦洛，亮得如西厢有千轮明月相照

亮得贾宝玉和林黛玉读了《西厢记》后

兴奋地叹赏："真是好文章，

你要看了，连饭也不想吃哩！"

你把爱情写明了！世上少了嫌弃"白衣女婿"

少了"棒打鸳鸯"，少了"长亭送别"

少了酒入愁肠

少了"将遍人间烦恼填胸臆，量这般大小车儿

如何载得起！"少了一鞭残照

惹出的囚心浩叹："这爱情，好愁煞人也啊！"

实甫先生，你的一部《西厢记》

不仅把爱情写大了

写宽了，写高了，写长了，写亮了，写明了

而且还把我写成了美女诗人的新佳配

还把我送进爱情风中经受欢乐的吹

月月，年年，永生永世，越吹越年轻

越吹越像张生……

她睡着时会发光

正如墨西哥诗人何梅罗·阿里吉斯

所描绘的那样："当影子

入睡时她的身体

会发光。"有时像红玫瑰，有时

像白茉莉，有时也像

蓝鸢尾，也像象牙

在黑暗中陷入黑暗

她的面庞不似天空而像花园，虽然，比花园

要小，但却能将最美的花色

集中在一身

呼吸着优雅平稳的花香恰如

一只曾经卧在

古代美人床上的猫

她的右臂赤裸，从印有芙蓉鸳鸯的被子左边

伸出，仿佛有点不好意思

它连着五个手指

连着五个地址，每个地址上

不是花开，就是鸟鸣

暗处的两只蝶也熠熠生辉

她精致的左脚掌

从被子的右方露出

漂亮的五个脚指拇有着五个玲珑的故事

每个故事，都留下

一个脚指拇印，在无法收拢的路面

仍然走着，像一小块微凹的镜片

闪烁着白皙的记忆和嫩乳般的月光

天黑后，也能

将虫声照亮。她睡着了，那么的放松

那么的舒坦，白天

绷紧的时间

和劳累，连同我睡在她身体中

积累的坏处，全都

被她如春的梦

认作冰雪睡化了

但是，当她睁开双眼，仍有一个地方

没有睡醒……

我的爱人在远处开花

我的爱人在远处开花

心上的红
被她的香气擦了一下

开花，我的爱人
开得很从容
很宁静

淡黄淡黄的那种
恰似妩媚的手指翘着

开花，一直在开，开得很小朵

肯定不惊天动地
肯定没有某些爱情辽阔

一直在开，我的爱人

抱紧清晨
抱紧我的露水

开花，那些花瓣
不像痛苦

一直在开
开得不累

她不让罂粟、狼毒花、黑玫瑰把我环绕

我的爱人开花时
我就亮了

像一个睡了很久的字
醒来

开花，一直在开，永远在开

她要将迷雾开远
将忧愁开散

我的爱人在远处开花
开出的花叫兰

一直在开
我看不见她老去

开花，早准备好了满怀抱的香

我的爱人
一直在开，越开越近

我在她的绽放中写诗
我在她的照耀下
也开花了

开花
一直在开

有谁，看见了
我们花粉的重量，爱情的重量

也许，还有光芒

| 卷三 | 石榴树下来了一匹诗歌的马

石榴树下来了一匹诗歌的马

我生肖属马，出生于1942年农历5月，性格如同疯狂的石
榴树开花……

——题记

石榴树下来了一匹诗歌的马

上午发红

词语燃烧

我藏在马肚子里，一个狂热的诗人

颤抖得十分厉害

马沉默，而我的血液里

石榴花怒放

没有蝴蝶的小闪电，尽是灵魂的暴风雨

五月顿时变小

眼瞳在马的头上像一对霹雳亮着

我想四蹄生风

但石榴树劝我和马：不要这么快就奔驰
请暂时停留三秒钟——

一秒凝视石榴花疯狂的红
二秒仰望天空沉默的蓝
三秒回忆千秋万代灿烂无比的祖先

我很懂事马也很听话

我们忘了在死亡上面睡觉，那高悬的床
在风中，不是应有的摇晃

多停留一点时间何妨！我们的路
不在缰绳上

马站在石榴树下，我站在马的远瞩
我们相互抚平烦躁
和带花香的伤口

噢，地平线在马眼里缩短为一寸

石榴马

我告诉我的石榴马：快快上路吧

奔驰多么幸福

风在欢呼，蹄印填满花香

何况，你的背上

还驮着一位未来的伟大诗人

石榴树沿途红花怒放，枝条上不挂

烦恼和忧伤

我请石榴马稍稍停一下

看看石榴树的爱情

如何疯狂燃烧

前方有一座小山冈，它的名字叫石榴堡

她就住在堡里的小庭院

像一株美丽的石榴树

站在芬芳中

经受思念的折磨，站在多风的石阶上

对着东方眺望，迎候

我和石榴马的到来，如同等待

双重的火热夏天

我告诉我的石榴马，快快奔跑吧

石榴树一样的她

快要等出火焰了，见了我

她就会结果

就会惊喜战栗而欢叫，挥手撒出

早已准备好的

繁多似锦的倾天花瓣

二　月

二月，你并不是将春天
硬塞给我

我原本就是一个春暖花开的人

我怎会拒绝你的到来？怎会
不想得到
更多的万紫千红

我有天空辽阔自己，我有花园
盛装自己，而你
让我得到更多

燕子携着极重的光芒横天而过

二月，我感到
爱情有某种压下来的力量

你不同我商量，也不担心我会犹豫

即使刀尖上经过一朵云

火焰中游来一条鱼

今天是个好日子

二月，让我有了两个家

一个在乳房上

叫作故乡，一个在乳房下，叫作新居

多美呀，双子星座

孪生月亮

偶尔的伤痛像闪电一闪

瞬间熄灭

我兴奋得不再是失眠的枯枝

二月，我的墨水不再痛哭

你的花苞

绽放出含蕊的词语

我不担心偏西的落日，构成我

写诗的V字形角度

也不害怕夹在一月和三月中间

剧烈战栗

二月，你还将为我带来许许多多新的欢乐

今夜，格外生辉

亲，夹竹桃来临

抚摸丘峦、凹地、峡谷和月亮之后

今夜，格外生辉

亲，靠近点

再靠近点！如果我同任何人之间

都有分寸，那么

唯有我同你不存在距离

你甚至时时

进入我的身体，如同

进入天堂

而地狱只在远方，与我们毫不相及

亲，怎么办呢？你已经

贴在我的魂上

我是提一盏灯离去？或是

让你，彻夜

在我的皮肤上，刺绣

不眠的雀声

春天为爱种下一棵树

这是春天为爱种下的一棵树

鸟替我们

在树上找到了筑巢的地方，如果我们

在巢里做爱

我只偏爱你的抵抗

不喜欢你的投降

当花茎高翘，你一定要久久地绽放

因为你的心中唯有一朵花

而我的茎

来自天堂

月光说："我安详你们不必宁静！"

风说："你们疯狂时

我要将树

猛烈摇晃！"

唉唉，差点忘了

我不是乘马从西归来，而是将自己

坐成火车，呜呜地

吼叫着

从敦煌飞驰回重庆，美人呀

我又站在了

我们第一次约会的

那株桃树下，等着你来，一起开花

等着你来

为你点下那一粒我答应过的

美人痣

唉唉，差点忘了

我还有一小瓶从月牙泉带回的神仙水

要在今夜

赠送给你

我在写着情诗

我要用这只蓝鸟清亮的啼鸣

做我这首诗的第一句

词语间，雪已化尽，山峰开始泛青

她从柳岸边含笑而来

身边的湖泊

被她照醒的大镜子，荷叶田田

香气初生

我从不把她的面庞从莺的斜映中移出

也从不把她的秀发

形容成一片乌云，我最爱她

微笑时，露出的白牙齿

它们，完全

可以镶进我的诗里，成为几粒最美的文字

必然，我在写着情诗

用我抗冲击、书写流畅、稳定的

高级专用弹簧笔头

在纸上同她喃喃低语，当写到最末一行

一湖静水沸腾，她成了警句

当我经过这座花园时

今天的花，突然停止了开放

它们，一朵朵

待在凝固的空气里

这虽然不是我的花园，但我时常

从这儿经过

其中的好几种花

都曾被我热恋，同时，它们

也牢牢地记住了我

比如午时花，我结识它刚好在正午

爱顿时让我烈日当顶

但我却珍惜着骨肉间得来的金色之汁

比如七姊妹藤

七个美人挤在风中衣袂飘飘

选择谁呢？幸福有时

也让人头疼

比如半含春，它只让我看见苦恋的一面

而另一面，藏于等待的寂静

比如夜合欢

一听到这个名字，我无聊

而孤独的白日

便暗生惭愧，节节败退

当然，被我爱而爱我的花不止这么几类

我经过这座花园时

爱在相互往来

无论是花香的深处或浅处

梦在惊叫

鸟不沉默

啊，一旦我想及这些，花朵重新打开

露珠如同音符滴响

蝴蝶们，决不愿，在爱情中

虚度一生

致小山丘

我不希望这里的风景因我们而闻名

更不愿它因我们而颓败

我们热爱

这个瓮形的小山丘，它鼓起的腹部

鸟声突出，花香饱满

让人迷恋

它的顶上，不是我们想去

太多站立的位置

因为我们

不企求过分崇高

我们只常常留在山底清澈的池塘边

一株野性十足

而又固执地相信春天

才有爱情的

野樱桃树下，肩并肩地读诗

为这座小山丘，美妙地

伸出20个

浅吟低唱的脚拇指

瞬间打开的爱

有时，那瞬间的爱打开

便也有波涛汹涌

海上升起明月

踏浪而来的仙女，就是她

她的爱有千山万岭

可以在最高的山巅找到一个源头

雪莲花的尖上

磅礴的花瓣想要将她怒放

她顺坡而下

呼啸至峡谷时，惊喜得猛地一跳

跳成一只雌虎的横空出世

跳成热泪滚滚

她的爱是奇花异卉，既有茉莉样的小情怀

也有快刀利刃上的清香

她独爱骑在

诗歌马背的我，一鞭抽响苍茫落日

超越哒哒而过的一位

诗歌高手

其他的群山、雪原、风沙

懂事就快快避让

她的辽阔无边保持着最好的距离

不可靠得太近

也不可

离得太远——太近，她的闪电会灼伤人

太远，就会惹出疏淡

蝴蝶飞得累死了，也等于

绝望的思念

她的爱有时瞬间打开

她虽是一小仙女

但她会在大海上驭巨鲸，跨长龙

让爱轰轰烈烈

白浪滔天

海边听涛

前世今生，爱的词语

已被大海配乐

被波涛演奏，被鸥鸟传唱

我写诗的桌面

神奇地

变成了蔚蓝的琴台，沉睡多年的琴键

忘了汹涌的乐谱

猛然惊觉——

当鲸的背上出现花朵，礁石

碎裂成新诗句

穿着金红色外衣的旭日

立即喜洋洋地到来

高处的情人

天空有我高处的情人

她拥有一面

巨大的镜子，时常站在镜子中

俯瞰

小山峦似的我

她晴朗的手边，放过太阳的大石榴

月亮的白苹果

她从不站在多云的地方说话

她喜欢在

爱情的风中，被轻拂着

沉默

她乳罩里的故乡雪白，舌尖上的天堂

蔚蓝，而多汁水的梦

暗自珍藏

她的肚脐以下，只配

称作爱情

当她从高处下来时我往往在梦的低洼

满枕的凋零不如怀念

在这自己

把自己看成花园的时刻，她引来了

夜合欢，木绣球，半含春

不让我用香气磨刀

我多么多么的希望她越来越矮

矮到幸福的膝前

矮到不再让我怆然而独立地泣下

朔风夹雪

于体内疯狂读诗

哦，高处的情人，天空都放低了

你也应该同我等高

红豆河

在你的河中央，奔流的是我们的爱情

我们的烦忧不再逆流而上

也不再忆起

那些失恋的旧事和深处的苍凉

哦，红豆河，即便闪电从天斜斜地刺来

像一把把刀，斩向河水

剖开我们

泪深蓝，礁鲜红，但我们知道自己

属于哪一类鱼！为何

与你同行

我们带着你，两岸红豆树的红影子

鳞次栉比的爱

水底的灯，在夜的暗流下潜行

有七颗极大的星斗

在高处，对着

低处的我们呼喊："快浮上来！快浮上来！"

哦，我们果然浮上来啦！浮上来

即是白昼

上面真好！上面比下面明亮，上面

让我们的鳃

辽阔地呼吸，让你的异香和红光，过滤

我们！我们

为什么必须惊慌失措？必须

痛失回答？不！决不

我们只能取出鱼膘里的落日，擦掉

鳞片上的墓影，在波涛中狂欢

一粒红豆落在水里，我和她，为你，溅起

美妙好听的水声——

夹岸的水声

相思的水声，刻骨的水声！我们

粉碎刀锋

回到花朵初开时的你，让蕊

在情歌的腰上战栗

哦，快感！快感！快要从我和她

神秘的分岔点

和迷醉的合拢地，你所看见的

凹处和凸处

惊天动地的花香四溢

丹顶鹤顶

红豆如同朱砂点缀的闪烁和欢鸣

而她，真的，是我最喜爱的那一条

因她，有着红豆情愫

成了我的红豆伊人，像春江的水，温暖

柔媚，尾鳍一摆

天空飞翔！她随即陪同我，上岸向前

将我们的名字，刻在

红豆树上，即便痛苦

也是春暖花开

也是红豆榨出的灿烂汁水

哦，奔流！奔流！红霞和千山万岭

在头顶奔流，蓝骏马的蹄音

和银蝴蝶的心跳

以及你，一粒一粒艳丽的给予和祝福

也在一起奔流！我们

并肩顺水而下

一身浪花

我们怎能忘记你替我说出，她是我

最奇特的女人——

梭形，扁状

青玉色，一条能将浪裹紧，又能

将浪松开

在四季的水流，携着

数不尽的滔滔红豆，自由自在地，欢欢畅畅地

游来游去的鱼

必然，你也替她说出，我是她

最猛烈的鱼——

形状和颜色基本一个样，但是，内心

红豆激情更为疯狂地燃烧

未来的爱情，入海必定成鲸！虽然，我们要的

只是一小点幸福，一小点欢欣

而不是伟大的波澜壮阔

哦，感谢你，故乡的红豆河！感谢你的源头

和沿途红豆树的照耀

当你的灵魂

亮出水面的刹那，我们也跟着飞了一下

旋即是心与影的云开天青

爱同你的风和日丽

闪电啊！刀啊！你们，全部躲到

什么地方去了……

我不再用泪珠装饰自己

我不再用泪珠装饰一具无花的肉身

骨头间的空白

心脏里

不再恐惧的镜子

我居然

觉得自己独自完成了爱，多么的满足

多么的欢快

虽然，长年在文字中挣扎

在词语里突围

清 点

在花园，你内心的那一座

我们玩得多么欢快

当蝴蝶教我们学习恋爱的时候

可惜我们太老了

当蜜蜂领我们搬运花粉之际

而路程遥远

我们唯余感叹

但是，我即便颤抖着双手，也要采集

一些小花冠

戴在你的十指，让你芬芳地

将我的幸福和痛苦

——清点

一匹行走的马

那匹马在行走

身上有雾

我分辨不清红鬃纷飞如同火蝴蝶的缘由

更看不清它的脸

在这河流转弯处，如何跨越碎裂的岸

水的呼啸光芒

我只能想起，昨天这匹马很晴朗

今日早上，尚还灿烂

它饮过的溪流中，有母鱼还想亲吻

它飞奔而至的唇

心痛它塞满千山万岭的眼瞳

马感到阳光很重，就像我让它

驮着我的诗句

越来越沉

没料到，短暂的一天里

马就累得如此黯然

大团大团的暮云压了下来

谁能卸下马背的天空？减轻

它的步步艰辛

和电闪雷鸣

只听见路越响越远

蹄声

叩得大地疼痛

深了又深的记忆泥泞四溅

归　来

经历了一场百合花似的阔别

迟来的爱情
让久旱的我感到湿润

雷声震碎的天空
我们的脸
重新归于完整

花盛开
风也怀孕

白云下一匹石榴马淌着热泪归来

五月，燕子老了
但它
仍像序曲一样在飞

荒原泛出绿光

许许多多的梦，青得近于蓝色

悲伤的雪

在细腰和草茎中融尽

蝴蝶追着蹄影微笑并浅唱低吟

我骑在石榴马背

紧紧地

搂抱住坐在前面的她

鞍上的乌云早已卸掉

驮着的

除了依恋就是欢乐的惊叫

一路穿过红霞和野花的是发烫的奔驰……

| **卷四** | 向痛苦致敬

我是一个春暖花开的人

我怕冷，但我不惧冰雪。我怕风，但我
不畏吹拂。一只乌鸦，让我学会了
坚守。一根松枝，让我嗅到了痛苦的香气
站在这个隆冬季节，我是
一个春暖花开的人

向痛苦致敬

让痛苦找到你
在春暖花开的三月，在幸福
躲闪不及的时候

让痛苦找到你
让伤口流血，流泪，然后，昂起头来

让痛苦找到你
让痛苦在骨肉里变蓝
慢慢地沉淀沧桑，不再露出伤痕

让痛苦找到你
你的不幸或错误，才会阳光灿烂

你要像幸福时一样
让痛苦感动得
热泪盈眶

我满怀激越地同你和幸福一道

向痛苦致敬

痛苦也学会了春暖花开

我怎能避开二月，对着天空

大喊："我不需要春天！"

快看，那只燕子已是新的爱情，她不仅飞回

引领我将内心的

万紫千红看遍

而且，还在我的诗歌中欢快鸣啭

真好哇——

痛苦也学会了春暖花开

我不敢摸天

我什么都敢摸，就是不敢摸天

一是天太高，二是

我担心——当我，摸到天的，玻璃样的

透明的表情时，我会

在它的脸上

留下肮脏的指痕

我突然感到今天烦躁不安

我突然感到今天烦躁不安

总觉得，那只鸟

在最近，会背着我，干出些什么事来

但仔细一想

那只鸟，同我，有何相干

即使圆的天空

被它飞扁

致红蜻蜓

荷花从不以清香伤人，红蜻蜓

红蜻蜓

你们飞的是我的命

我在莲上饮她的露水

流我的泪水

红蜻蜓

红蜻蜓，我双膝下跪，对着花心

和我名字的阴影

我想在藕中睡眠，度过

洁白的一生

我知道，再不走

黄昏就要来临，红蜻蜓，红蜻蜓

你可明白，我已疲惫

我在荷塘边除了写诗，还爱听

押韵的蛙鸣

红蜻蜓，红蜻蜓

这灼热的唇上涂有很厚的月光

这六月的池水清澈似情人

哦，红蜻蜓，红蜻蜓

快快告诉我——除了落日，我还有

什么可剩

望 云

我爱在向上凝望时把云朵当成美好

它们，那么的高洁

让人不敢荒凉

让人感到：站在天空下

也是一种辽阔

一份晴朗

虫子说

繁星不是我在天上钻出的孔

我钻的孔

只在秋天，爱人般

饱满

而香气四溢的果实上，那些虫子们

噬咬的动作

全是我教的，因为

那批果实

太完美了，总得有一个

留下

些许漏洞

怪问题

那里的好花在迎接：一个

带着香气

坏掉的人

同河流交谈之后

我同河流交谈之后

这条水

开始

平静下来

它听懂了我的意思——

老是那么

波浪滔滔，那么汹涌

总是不好

怀旧是一种病

怀旧是一种病，病根在于记忆

在于乡愁，在于

沧桑的鸟声

医治的药是整幅山川，乘以深爱和剧痛

还必须，用闪电

作为药引

乌鸦 （一）

那只乌鸦，全身漆黑，唯有带笑的脸

火炭般泛红

它不像波德莱尔式的花花公子

既过着放浪形骸

纵情声色的晕眩生活，又能够写出

大祭坛一样的《恶之花》

也不是茨维塔耶娃样的窈窕淑女，诗歌正经

伤痕沉重，然而

文字美得像花苞

奋力打开紧箍的风雪，更紧地

抱住殉难战栗

那只乌鸦，一团暗夜的孤愤

溅着火花

十月的黄昏毕剥作响

它有着深刻的

体悟：谁在雪地谈灵魂，谁就会加倍寒冷

它的羽毛呼啸

不容悲哀靠近

那只乌鸦，让我

在乌鸦的眼中，看见了自己

怀着爱，却与冬天

格格不入

冷太阳，在上方转动着眼珠子

雪山从左方

移到右方，冰河从前面融化到后面

所有的风，都在死

独有一树

岩畔的红色野梅花，为了它，越活

火焰越多

那只乌鸦，不再像一堆黑色噩梦

不再知道有坟墓

微风吹拂，它的眼睫毛，像花蕊

明亮地闪烁

乌鸦（二）

大雪中雪亮的猛兽试图用雪山

庞然无比的阴影

将我—— 一只年迈的乌鸦

彻底覆盖

那是千古的寒，重重叠叠的冷

磅礴的四季

终年凝固成巍峨的冬天

但偏有三百年前的我

一只冥顽不化的鸦

用狂热的黑，对抗风雪中凛冽的白

这里显然有落日坐过的地方

鸦一样的我

怀抱乌青的年代

好似

抱着一团从不熄灭的炉火

雪融化像睡眠

空中响着一口没有谁能够听懂的

花瓣环绕的钟

当我惊醒，从第九座坟墓中翻身而起

神和猫在翅膀上飞翔

地狱在脚下

嘎嘎碎裂，鸦和我的眼瞳

被激情烧红

我想此刻，另一只鸦——我的爱人

即将到来

我们一道，继续用黑同白对抗

用喜悦和鲜花

摧毁自己

乌鸦（三）

那只乌鸦，曾是我的爱人

我不仅爱她

浑身的黑，影子的暗

我更爱她

大睁着的双眼，发亮的灵魂

唯有爱情

才能挤压出来的欢叫

痛 苦

这是我的后痛苦时期

73岁时，它才

到来。我毫不拒绝，一丁点儿也不畏惧

因为我有

前痛苦时期，中痛苦时期

我屡屡同痛苦

无意撞上，或者擦肩而过。痛苦已让我

像悲哀的鸟，学会了欢鸣

我的痛苦

已经炉火纯青。诗歌里收藏满了

词语的荆棘

文字的钉子。身体中

也纵横着几处

闪电划伤的天空，雷霆击碎的悬崖

爱情留下的灰烬

然而，我依旧

痛如教堂，那么的庄严，肃穆

苦如苦瓜，苦成白玉颜色

苦入骨骼之魂

我知道，我还将有许许多多的痛苦

缤纷而至。它们

应该是：苦参、黄连

虞美人、花叶芋、三角梅、半枝莲

五爪金龙……

迎接痛苦

突然我成为分岔的路口

站在山前

迎接痛苦，它像一只怪鸟到来，拍打着

巨大的翅膀

痛苦不流泪，因为它没有我的眼睛

痛苦会嘶鸣

因为它的嗓音能够

分山裂海地啼叫

我张开双臂拥抱它，神奇的是，它瞬间

便消失，烟雾全没

闪电般

融入我的灵魂

于是，灵魂痛苦，被一种

幸福的敌手

施了药，放了蛊，我痛彻全身骨肉

苦得成为一株

什么甜味都难靠近的苦楝树

现在我知道我唯一的拥有是痛苦

围绕在心边的刀刃

滴血不叫玫瑰

倒灌在血液里的玻璃渣子、锈铁钉

死乌鸦、臭墨水……不含

清新的露滴

我想赶走痛苦，驱逐怪鸟

但生命告诉我：你

难以办到，除非海枯石烂

除非你和它同时死掉

空 谷

这巨大的宁静来自山间的空谷

难见王者之香的兰花

让我心圣洁

只有无边无际的野鸢尾，盛开于蓝色薄暮

没有一朵花说话，偏我此时

很想听到爱情喧哗

痛苦的深渊不在这里，即在

也会被我

搬来的诗句填满，我要在这盆地状的地带

高踞石上，熄掉鸟声

做寂静之王

有一棵树叫痛苦

我记住了有一棵树叫痛苦

它青枝青叶

站在我

回家的途中

它因痛苦，所以才长成一棵痛苦的树

我是它的青枝青叶

因为我同它一样，痛苦

我痛苦时，它也不愉快

鸟的叫声

青枝青叶，在它粗壮的树身，在他

倾听痛苦时，痛苦之露

缓缓滴落

因为它脚下的泥土也痛苦

因为我

思念的根须也痛苦

痛苦与痛苦

加在一起

青枝青叶，等于更多的痛苦，更重的痛苦

我青枝青叶

我的痛苦散发出清香

一棵痛苦的树

抬头触及的是痛苦的天空，俯身看到

河流里

流动着痛苦的倒影

一棵痛苦的树是苦楝树

它记住了

我的名字叫痛苦，青枝青叶，痛苦站在

痛苦的路边，站在

我回家的途中

亡蛹

那只亡蛹，摆在枝上一片嫩叶中间

不是苍白，而是血红

我看见了它

坟墓状的孤独，小丘似的苦闷

也想象出，它老死时

那一瞬，满天新蝶

从它的体内

兴高采烈地飞出……

| 卷五 | 无边景色在纸上浮动

高粱坡

我家就在高粱坡下，只要往上一喊
随风飘来的
就是大穗大穗的火焰

那热！那烫！好像
全被烈酒浇过

无数酡颜的先辈踢飞土碗在空中飞奔

满坡的红高粱望着汹涌的先辈
昂奋得，冒出了
滴血的幸福

那些乳月饱满的照耀，那些女人
酷爱的大镰刀
带着甜蜜的闪电，再次出现

我的身上绽放出小粒小粒的雷鸣

怀念起那些顺茎拔节的山歌

迎风灌浆的农谚

为什么有那样多的红面庞

在高粱地里

一闪一闪

为什么有那样多的朝霞，不甘

隐于泥土

我不打算用疑问去惊忧垂首沉思的高粱们

我只能让自己

加入

它们的站立

在这高粱坡下

在这激情燃烧的七月

我要往上一直地喊

直到把高粱坡喊亮，喊笑

喊醉

喊出一株株密集的祖先接近燃烧的我

马仑草原

见到你，我就成了你的一匹马

你的爱，你的扬蹄

你的嘶鸣

早晨我用红鬃拂动朝霞，傍晚我用尾巴

扫荡暮色

在整个长长的白天，我会

同你说话

聊天，散步。偶尔，我还会将一朵云

指给你看，为你

将一只鸟

从叫声引出来。我啃你的青草

在你丰腴的前胸

青草上没有

落日的虫卵，淡绿的汁水，微甜。我嗅

你的野花，嗅一朵

是五瓣感染。嗅十朵是

五十瓣贪恋

我最喜欢跟在那匹母马的大屁股后面

傻想，追赶。也许

她很多情。也许，她很孤单

也许，她另有所爱

也许，她不愿我对她的某些部位看花了眼

一匹，对的

一匹很美的母马，一匹她，就是你

我唯一的爱恋

微风荡漾，我在花香中开始幻想——

你会让我把爱情还给自己

重新振作起来

你会为我们准备一个漂亮的婚典

摆在草原，花光闪闪

你会让我

靠近乳房里奶色的故乡

静静地睡眠

哦，你对着我，害羞地放下面庞

眼帘中低垂的星辰

睫毛闪动

散射出触地的光芒。噢，马仑草原

我得到你就得到了芳草，就得了天涯

我不仅仅是

你的一匹马，我还是你

膘肥体壮的四季

每天，在你内心跑上百圈，对着你

微笑十次

在山西宁武天池边

我来时，不是早晨

所以没有看到隋炀帝的3000宫女

在天池洗面

洗出了胭脂色的池水

我也没有遇上

李世民攻占天池时的壮观，只听说，他将

掳得的3000宫女，送到匈奴

换回了600匹战马

他很奸猾

既远离了美色，又安抚了异族，还得到了

极好的坐骑

我把天池水，望了又望

望得很痴情

我把天边的余霞，看了又看

那不是灰烬

芦苇把池水箍得很紧，但始终

难以箍成圆形

只有乱世略扁，争斗的不是双方

就是三角

池水渐渐绿得发暗

落日依然平静

水鸟鸣叫，我默默无声，恍然间又瞧到

巍峨的宫殿影子

在水中央

在歌舞深处，在旧了大半的今天下午

又见一长串宫娥

提着灯笼在岸畔匆匆而行

不知道是在走出记忆

或是在蜿蜒

唐代的余晖？暮色越来越浓，站在天池边

我忙着同美女诗人

兼天才翻译家的赵四合影

山西太大

我只需抓住它的一点热爱就够了

况且，也管不了

李世民同隋炀帝那些

乱七八糟的事儿

芦芽山石门悬棺

你们都倒下了，为什么还要将自己

搁的那样高？还要

让那些岩石、古树、枯藤、山花、云朵

来做陪葬或者陪衬？你们

睡的姿态

难道真想同低谷不一样？你们

矮处的想法，难道

真的就提高了海拔？你们

同祖先见面时

难道必须在天堂？你们火炉前的回忆

在悬崖峭壁，会不会摇晃

或者熄灭？你们

白发的山歌，堆的那么高，会不会

突然飘飞

甚至垮塌？我有太多的担忧和疑虑，想同

一大群山蝶扶摇直上

叩问你们的棺木

到底装了多少民风民俗、婚丧典章

巫术卜文？到底

藏有多少风霜雪雨、雷鸣电闪、虎啸狼嗥

也许，你们会突发奇想

撑开棺材盖

探出头来，看一看远方火葬场的高烟囱

冒出些啥模样的黑烟

也许，你们

会假装咳嗽，让空谷发出阵阵

不安的回响……

哦，仪式死了

时间活着！我很快放下怀揣的若干神秘

和望累了的仰望

是的，百年之后，我不会让后人

将我搁的那么的高

我要嘱咐他们：当我死时，请以

诗歌为棺，清风作碑

葬我于横向江河

竖对北斗

让我平平静静地平躺，平躺

成天空，平躺成大地

银子山

谁用银子堆叠出这么大的一座山

而且寂静无声

漫坡漫岭的白梨花

小心地开

风将河从对岸提了过来

摆放在银子山前

波浪里的白条鱼，像一锭锭银子

长着鳞片

蹦了出来

准时有白鹭路过

一朵朵云，缓缓地飞

把银子山擦得更亮

瓷一样的浣纱少妇

梦幻般对着

水的流动

白鸭唱歌时白鹅正眠于银子山脚

一个池塘

小小的圆边，白荷花不做黑色的梦

它们抱住象牙雨

何来疼痛

银子山呀，你周围的景色多么漂亮

面对你，我身体中的白

也跑了出来

我想，一定还有人，在想着

怎么样

用你的银子，打造银项链、银耳坠、银手镯

谁用银子堆叠出这么大的一座山

一位穿着

金色袈裟的僧人，刚好从此

路过

步仙桥

站在步仙桥上，我不想成仙

我只想在这里

衣袂飘飘，凌风看日落

我只想在这里

凝神静听啼叫，仔仔细细地

思索："要是

全世界的乌鸦都死绝了

我这只白鹭

拿什么样的黑来做陪衬?"

我只想在这里

等一颗星斗喊出我的名字

然后，像古代大侠

抽出长剑向上

在月亮上刻字，让满天下的人，抬首仰望

领略我文字的清辉

站在步仙桥上，仙人不来，大雪不来

我蓦然感到——

站在这里

比站在别人的想法里更为孤单

铁山坪之夜

今夜，我像田野广大，像幸福的青蛙

猛喜到极点时，便沉入沉默

今夜，房间里

堆满山峦，四壁是肉色的反光

我的身子，融入

她的轮廓

灯，躲到盆地的腹下

鸟忘了啼叫

今夜，一座花园不是减少了春风，而是一而再

再而三地增添花朵

暗香深处

水晶宫殿，有一位小小的丽人

因我而反复出现

今夜，我好似睡在昨夜

一样宁静

她搂抱着我，我将枫叶状的手掌，放在她

雪白的大腿

獐子堡

一群獐子在奔跑！一群獐子跑过小山堡

山堡上

印满了獐子的影子

一群獐子在奔跑！一群无角的云

在奔跑

溪水和风，在奔跑

我诗歌中的小蹄子，跟着

奔跑

一群獐子在奔跑！带着小而尖的脸，带着天空

像奔跑的爱

像爱

在奔跑中摩擦，像我

爱里

不灭的闪电

一群獐子在奔跑！獐子

奔跑了几千年

一条路

让獐子的奔跑活下来，传下来

让奔跑

充满火焰和怀念

一群獐子在奔跑！跑累了

獐子停歇的地方

叫作獐子堡

最高的树木不是獐子的忧伤

如果是忧伤

忧伤

也会奔跑

一群獐子在奔跑！獐子堡像大乳房

獐子堡像大苹果，闪闪发光

獐子堡

不愿在春光中打盹

獐子堡

不愿听到，一群獐子

急速地奔跑

戛然而止

君山的下午

洞庭湖很阔，我却搁浅于

蓼花潋滟的词语

像一种离愁

一言不发，挥之不去

鲤鱼很大

而我仅是它们鳃里的一次呼吸

鳞片映亮岳阳楼

那么多古人

还在凭栏把盏歌吟，在自己的句子中

巍然矗立

记忆很挤，我只好

敞开胸襟

任由千万滴泪水和雨水混合在一起

在晴空的脐下

滚热地流淌，而兰芷芳香

白鹭依然像爱情

飞翔着皎洁

我躺在亭子外的草坡，盖着几片晚霞

如盖着她的青衣打盹

不敢轻易翻身

致岳阳楼

岳阳楼，我还欠你一首诗

今天，我来还你

不要嫌我步子短，诗句小，表情

没有你庄严

但我的想法高，目光大

我曾想

把你收揽入怀，把洞庭湖水全变成我

热泪的狂澜

面对你，我有

扶摇而上的鲲鹏志，我有

八百里诗行供你浏览

但是，我再高

也高不过题在你楼上的"先天下之忧而忧

后天下之乐而乐"的名句

我再大，也大不过

你的红日明月

岳阳楼，现在

我还了你一首诗，还了你一串闪光的词语

但我，终是还不了

你的高度

你留给我的一万年仰望

梦中的彭水

这个夜晚，我在彭水小城

住了一宿

睡觉的地方叫作"山谷宾馆"，黄山谷

曾经在它旁边的绿荫轩

枕着乌江涛声

独眠

梦中走出的我，千山万岭带着风雪来过

我随同一位陪同我

名叫华万里的老熟人，去一一检视

我在这里度过的18年

云水时光

唏嘘中有一只鹧鸪啼鸣，它说

它曾因沉默

欠下我许多苦难

现在更不能偿还，偿还就是情歌骨折

摩围山泪雨滂沱

麻雀船还在记忆中载着美人过江

风在翻看她内心的花轿

鱼为她磨平险滩

鳞上多了亿万片桃红色的暗伤

而我题在浪上的诗句

仍在替她送行

怀念肯定长有翅膀，我飞过郁江时

成了它的一条

叫作九九河的小小支流

那位披着蓑衣

芥粒般隐在蒹葭边垂钓的渔翁，即是

从前的我，好多名字

陪我坐在一起

隐隐闪光

黎明之际我没有抱稳梦境

无数的呼唤遭遇漏掉，幸好尚有余生

可伴我重来复游

突然小鸟鸣响大黄葛树

有一句刚刚

醒来的诗，又被桐花风

冻了一下

慈云寺

慈云寺，我来时

总感到

身子晴朗，头上罩着一朵慈祥的云

钟磬响起，我从对岸

带来的浪涛

落叶一般阵阵降落，堆在地面

才发觉

我已不是红尘喧嚣，也不再眼里怒波横陈

踏进庙门

即是一排直竖的石梯

陡峭得令人仰望

恰逢方丈唯贤大师从石梯顶端下来

他并不破颜而笑

只将右手抬到前胸，表达出

一个佛礼

桂子的香不约而来，唯贤大师

邀我共进中午的素餐

每道菜里

隐着慈悲之光

每只碗中

溢出的是佛法无边

在这里，我相逢了我想拜见的神们

避开了，不再

纠缠我的恶魔，心边

堆满香果

指尖长出了菩提叶子

我活了73岁了，但清醒不到半年

真愧对了刀锋岁月

和桃杏时光

到那时

方才知晓，什么是了，什么是空

什么是回首处

山高月小

慈云寺，我只身而来，没带女人

因为她

到远方开花去了

我一旦

想到你，欢宴，笙箫，狂啸，低吟

一齐散尽

我宁静而至，披着

残照的袈裟

彭水，我的风景全在水上

彭水，这次我来时，正如一位诗人
所说：你的
"风景在一滴水上展开"

先于我抵达你的必然是我梦中
对你的思念
顺着鸟鸣，逆流而上的面庞，粉碎了乌江
撞在额上的恶浪

鱼乘云站在天上，一朵长满鳞片
水声四滴的白牡丹
那么的令我心疼，那么的并不倾盆而下
整整一天

我在船上孤独地站立，沿途
看到的风景
总是你的愁容，我想
你是否干枯？难道，水真的同你

说了："再见！"

我想，我应该来浇灌你，虽然不能为你

带来整条乌江

但只取其中的一段

就够你湿润

一路这样想着，傍晚时船在彭水码头

靠了岸，你站立着迎候

风一吹，白裙衣

比绿色的江水还美，让我不敢相信

夜会到来

在一大片白茫茫的蒹葭之风中

金灿灿的落日面前

水，再一次，诞生了你

乌江渡口

谁在这里为爱情摆渡？是那位

波浪滔滔

白须飘飘的老艄翁

或是那条

前世的鱼，在为我引路

我在江中心同她偶然相遇

那位才女

她站在另一条麻雀船的船首，用古诗

向我招手

风不怒吼，礁石全被泪水冲走

我最熟悉的面庞

在惊涛上浮现，渐渐飘散的除了

她唇上的云

就是她额心的雾

爱居然能在千里之外相逢，而不是幻

但却像梦

在这好阳光里，在这风波

起伏之中

当船靠岸，我才猛然想起，应该

问一问乌江了："你为什么

为我设下

这样一个渡口？"

武陵山大裂谷

大裂谷，我终于看见
你的裂开了

从前，我没见过
现在
我还未看得心满意足

裂得那么的大，那么的深，那么的长
我真想知道
你装了亿万年的春色
是些
什么样的激情
什么味的芳香

裂得我不敢安静下来
那么大的空间
盛开过多少轰轰烈烈的桃花
若干世纪前的雀鸣

为什么

冒出来，依然是销魂动魄的嫩蕊

裂得我急切地俯望

那么深的时光

即使藏有虎豹，虎豹也一身锦绣

即使藏有蟒蛇

蟒蛇的脸上

不是地狱，而是天堂

裂得我大声惊叹

哇！那么长的缝隙，两壁绽满百合花

正在等待我，去慢慢

穿越神话

等待爱，从缝隙中

挤过去

大裂谷，我不能像你那样裂开

而且，裂得那么的大

那么的深

那么的长，包括我的诗歌，我的身体

我的欢愉和痛苦

它们并非胆小，并非

惧怕

大裂谷，我终于见到了的大裂谷

我要向你的大

表达热爱，我要向

你的裂开

致以致敬

| 卷六 | 在第一朵和第九十九朵之间

你为什么要将我夹在两种花之间

你的左边是金合欢，右边是半含春

一是完整的爱

一是不全的忆，我搞不明白

你为什么

要将我夹在两种花之间

白栀子

我在西池，喜欢上一朵白栀子

在反复数过

几十朵栀子花之后

在第一朵和第九十九朵之间，无数次

犹豫之后，在雷声

和蛙鸣，互换

花蕾和房间之后，在红花、黄花、蓝花

失去悬念和怀念之后

在大簇沉的疼痛和小枝

轻的微颤之后

在我与她，互为花朵和花香之后

我只看到白栀子

一朵，纯洁如同清新的女人

连影子，也是白的

她爱读的短语

那一只鸟，是我，刚刚写好

飞往天空的一封信

信中，尽是她

爱读的短语：蓝色的爱人，辽阔的爱

晴朗的忧伤

深恋的深山之狐，心脏边的天鹅之雪

麝香，延龄草

杯子中

填满的胀痛……

我的等待五彩斑斓

此时春水在我碧绿的心上流泻

有你蓝色的花香弥散

白鸟不在黑枝条上歌唱，它的嗓音属于

鲜红的浆果

哀伤早已乌黑地成熟，院里

一挂挂的葡萄

在架上醒成紫色的繁星，怀抱着亮珠子

一样晶莹的露水

穿花布裙子的你，转过

深褐色的山坡

撑着朱焦叶圆做的油纸伞，款款而至

眼里有金盏花闪烁

你银铃似的笑声，奔过红石桥

在三色堇一样的风中

我伫立在一株老得白发苍苍的槐树下

靛青的衣袍里灌满惆怅

你快来啊，你快来

我的等待是多么的五彩斑斓

但灰色的疼痛，已经

隐隐可见

荷　风

此时，我正在看月亮中做爱的人

高悬着

透明，流泻清辉

蛙鸣突然

停止，淡淡的荷风吹来染绿了她

高耸的雪乳，在亭子里

凉榻上，薄纱中

一张古琴横卧在紫檀木上

而拂弦的指尖

犹有花的余音

在银河洗濯后发亮如同景泰蓝初醒

她不再触及坚硬的名字

一瓣花瓣似的脸庞

傍着荷茎做梦

那么的柔顺，那么的静美

白猫在她的怀里

藏着的一团艳事，毛茸茸地

咪咪地叫

当荷风在她的睡衣第十次淡淡地荡漾

她恍然听到一颗星星

附在耳畔

悄声地说："沉默时花开是一种危险

连自己都动情了，却是

一点儿不知道!"

她"哦"了一声翻身而起，四顾

满目绿意

蛙鸣如雷

夜　晚

我乐于没有黑夜，只有明亮的床
也不愿被另一个人的灯
照耀

我睡得轻如一片落叶，而她，躺为
丰满的苹果

也许，我们会在同一梦里相逢
或者，在迷糊中
擦肩而过

当鸡啼声已有三分之二醒来
鸡冠花
盛开在我伤口的侧面

压

为何那么多的巨石放在我的心上

还要加上

成吨成吨的闪电和雷声

压得我和我的爱情

气喘吁吁。我输掉了床上的天空

输掉了泪水。我请求

快将这些

来自地狱的东西搬开。如果，要压

就压上月亮雪色的乳房

或者，一枝从天堂掉下来的玫瑰

花开时节

花开啦！对于冰雪

二月毫不妥协

三月坚决支持

你已经破苞了，而我是你真正的春风

夺走我们天空的人

还未出生

抢走我们春天的人，肯定是

没有锦绣的敌人

千山万岭在我眼里小得不如一朵花

你爱我，我才能

为你结出

硕大的果实，我才是你

最坚实的核

开花啦！你是二月在嬉笑，我是三月在欢歌

有一万只鸟，对着我俩

齐声说："唯有

你们，最配享受这无边无际的好季节！"

星期三

野蔷薇不曾盛开
梦幻
弥漫在星期三

急流哼唱着缓慢的歌？谁在
鱼身发响？谁在
水底寂寞？谁在死去的浪上
快步飞奔

那小小的风景
站在岸上哭泣，枯枝式的人
难以听清

哦，这星期三真的是黑色
黑过她
忧郁的眼神

花园约会

今日上午，我同一只蝴蝶约会

在花园的明亮处

那一朵最大的花上，我们盛开的天堂

我们不亲吻，只握手

不做爱

只谈诗，不要风雨，只要晴空丽日

我们，在香气中

相对而坐

她谈花丛中蜜蜂匆忙

一群群飞来飞往

嗡嗡鸣响的金色文字，它们将蜂房

当作婚房

在空中移动，蜜汁

一路滴淌

我说这花园虽美，但我不想

在任何一朵花中过夜

爱情时光

多么的珍贵，我应该把它们带回家中

她说，当牡丹怒放的时候

她喜欢从它们的

阴影中经过，而丁香花才刚刚含苞

她就迫不及待地

去轻吻它的花尖——因为丁香

包含着她要的爱

一打开

就是那么的纯洁，那么的尖锐而动人

我说，有花相对，我们都不寂寞

都不孤单

这里的每滴露水，都可以

用来润笔

每一片花瓣，都可以用来写爱

每一片叶子

都是迎风而舞的页页诗篇

我们谈了很久，说得最多的是爱情

整个上午，花园

一直保持沉默，静静地倾听

待到一阵微风

将我轻盈地吹动——哇！我才蓦然惊醒——

原来我，竟是

她的另一只蝴蝶

险　象

某年某月某日，我在她的脸上

第一次看见狼

恋情吓破了胆，黄鹂变成乌鸦，我害怕飞翔

终于明白：花的子宫

也有悬崖峭壁

果实，为什么凝在枝上像一团团冰

更像我的诗句

痛失惊叫

晚　情

我不知道我为什么这样匆忙？在这黄昏

在这许多雌鹿

奔跑过的路上？暮色

不是百合花围拢

群山下沉

而是浅蓝色的树枝渐渐变灰，一只松鼠

火焰般闪躲

顺坡流泻的野菊香

也试图阻拦我

还有那只蠢乌鸦，它居然明白我要去

那间山中小木屋

干出些什么！所以，它妒忌，叫声如刀

妄想将路线切断

而我，全不理睬，一心一意前行

有一句诗

从天而降："她的子宫在等待神圣的新郎"

啊，我听后，血流加快

心跳若狂

往日的爱不堪回首

我们之间不需要那么多的暴风雨

尤其是唇上

抹过的闪电恰如利刃之吻

我们之间可以

添一些爱

减一些恨，我不怕你的花苞中藏着墓茔

你的泪水，也能解渴

我们之间

为什么那座桥建了又拆，拆了

又建？谁在桥下

抽刀断水？桃花飞溅

野泪横流

我们之间是否应当有一个判定——

谁对？谁错？或者

谁对得多，错得少？或者谁

错得多，对得少

谁辜负了那么浓的爱情春光？谁愧对了

那么高的情感之峰

但有必要吗？亲，还是抬起头来

往远方眺望……

我听到樱桃在说话

我听到樱桃在说话："我们是

肉质的红珍珠

露水里晶莹的爱，玛瑙圆墓里，前无女性

后没男人做过的梦！"

哦，话题带蒂

谁将蒂

提在手中，谁就会感到：爱情，既轻盈

又沉重

下　午

让我感伤的落叶和残英

最惊心的爱情鸟鸣

不再返回

我在下午坐成自家的小花园

喝一杯清茶于石桌

她来了

我有了对饮的女人

在这紫藤架下，两只雪色的蝶

喃喃而过

给 她

在花开之外
她仍芳香

十步之爱，百步之爱，千步之爱
统统近在花瓣边沿

没有蜂在花心
借宿，假眠

一只蝴蝶，两只蝴蝶，三只蝴蝶
即是蝴蝶成千上万
她只守住单身的寂寞
像一株女贞木，死死地，保持
爱的沉默

回忆她最初的到来，黑暗的我
多了光芒

吻

我吻了河水，但我并未吻断奔流

我吻了树木，但我

并未占有

庞大的树冠和荫庇

我吻了山峦

但我并未巍峨因此而成为一列苍茫的群山

我吻了天空，但我并未

陡然升高

让所有的世人仰望而崇敬

但是，当我

吻了她，这朵新奇的玫瑰，我不但

满足了，而且

存在于我体内的棺材

戛然破裂

环城车

我们乘坐在环城车里，而太阳始终站着

我们在环城车里相亲相爱

就像一只黑壳甲虫

碰上了梦寐以求的百合。在环形的爱里

我们悄声细语，重复着

几个动作

她的语气里双蝶纷飞，我的赞美中

也不独花带茎

她不断地低唤："哥哥！哥哥！哥哥！"

我不停地应答：

"哦！哦！哦！"她曾经让我静了1/10世纪

今天又突然着火！我欠她

一根白发

她欠我25年寂寞

穿过东大街，南大街如同我们的青春

猛地跑了出来，新的她

在眼前美妙地一闪

又端端正正地落座。驰过西大街

北大街便像婚礼

鼓锣一片地出现。我们的表情有点豪奢

但模样却似一对蠢鹅

我们都在内心

扔掉衣服，但绝对不让爱情光着

阳光绕了一圈又一圈

环城车，还在

环形中奔忙。有时，幸福会左右摇晃

有时，痛苦会微微颠簸

但我们，确实

坐得很好，好到肩胛骨已被

满城的桂花浸香

好到蝴蝶的眼里充溢着喜泪，好到

下车时，我们

找到了一个新月般的地址

晨　感

多好的日子，春风返回

白鸽子

把蓝天带来

再不像前几天，痛苦总是走在幸福前面

也不必担心

某一季小溪干枯，我会

失去波澜

学会既珍惜自己的含苞待放

也允许野花先开

但要记住

一点：不要将爱情像蛋一样失手打破

那样，蛋黄中的落日

会泪流满面……

| 卷七 | 风在繁星中吹亮乡愁

闲 思

田野阔大，那只青蛙多么孤单
有时候，寂寞至极
我也曾想过
是否过去，做那只青蛙的爱人

我就要养蜂了

看够了蝴蝶，我在花开的初春

萌生出一个意愿——

"我就要养蜂了！"

有人问："是蜂养你？或者是你疯了

在城市里的悠闲时光

难道你真的

感到厌倦？假设果真这样

那你不如去

种荷栽藕，为什么非要养蜂？"

我回答："朋友，金树枝上有银雀歌唱

小山坡上有大的果实

如同圆形的石头密集地堆放

远方的云朵

飘到近的水面，这一切如此的美好

但我为什么

偏要养蜂呢？因为各有所好，我就是一只

老蜜蜂，趁着

还有些剩余的末日

我要好好地，养十几箱蜂，尝尝

自己的甜蜜!"

朋友不说话了，有点惊讶，有点惶惑

我管不了这么多，一心

想着养蜂——

我不把蜂箱安置于屋后，也不让蜂箱

总是悬挂在落日里，更不能

让蜂箱终年积雪

我的蜂箱它们爱上了屋正面木门两侧

慈祥而忠厚的土墙

大草原上

一望无际的各色野花，早已战栗了

最可爱的是它们拥护我

把我当成了蜂王

肯定，蜜蜂们知道我是一位诗人

虽然略微疯癫

但对于养蜂，却是一派诚心

当清晨，我浑身

滴着芬芳的露水，蜜蜂们醒得比我更早

它们嗡嗡地

振着翅羽，在蜂箱的每个洞孔

像我众多的文字

即将出发

起飞

花苞里的露水

花苞里的露水，枯死后又活了回来

它打翻晶莹的小坟墓

不理睬

怒愤而无知的嫩花蕊

花苞里的露水

说：我虽然香艳，却很短暂

我坐着沉思

天空站着欢呼

花苞里的露水，又说：我同花朵

彼此有着太多的歉意

但不要紧

明天早晨，新的相逢，又会出现

花苞里的露水

再说：鸟雀鸣叫，阳光照亮了那么多绿叶子

我们已被春天感动

花苞里的露水，反复说：花苞很大

全部的露水

都会成为热泪

回 乡

我在河水的环绕中到来

阳雀，阳雀

你呼唤我时，我身上的乐器不再只爱夜晚

弹拨里，风有着

繁花的温暖

谁说"太阳是一片怀疑的火焰"？谁说

陵园不可认作花园？你看

长眠者又睡得绿了

那面山坡

千株桃花灿烂，没有一声鸟鸣

落下来就是悲哀

一个形容词跟着我，又一个形容词

跟着我，在这

即将到达故乡的渡口

我拂了拂

心上的波纹，又闻到水的清香

小船将满怀的喜悦

载到对岸

古人说近乡情怯，我真的害怕亲友们

相迎时，一眼

就能将我看穿——心脏边

还堆着往事的残雪

双肩上，还承担着万亩蛙声的遗憾

以及对于五谷的亏欠

我只是一首诗歌的归来

阳雀，阳雀

我真想向你学习：你的叫声中，不但

欢乐似锦，连乡愁

也是那么的明亮

苦楝树

我站得并不高

我在所有意义上只能代替一棵树——

母亲传给我的苦楝树

花开得极疼

香气亦很苦，各色各样的记忆和灾难

从树根往上涌

树身镇静若初

唯有儿女一般的树叶

一齐颤抖

唯有极为珍贵的苦

不愿被甜代替

唯有我，内心插满了

针的小闪电……

清明节

我等到了清明节，直到墓醒来

哦父亲的墓

母亲的墓

我来祭奠时，细雨霏霏，麦苗青青

胡豆花，豌豆花

虽然开得好看

但也全都把花色和香气低垂

哦因为此时我哭了

悬挂于天上的云朵变成轻落至地的挽幛

细雨变成祭文

香烛纸钱在碑前点燃

然后痛泣，坟的四周

众多的墓如星座，哦老婆女儿

你们快跪下

父亲母亲已经栩栩如生地站立在面前

谁的哀悼在脸上

被风雕刻？谁的怀念在枝间

被松树记住？哦快将

父亲母亲扶回原处，让他们平稳地躺下

沉睡的模样，安详如初

不说肝肠寸断

只说永垂不朽！哦怎么又风云突变

雷电交加，天空竟也

泪水滂沱

小山坡

这是个粗糙的小山坡

它没有花园精美

但在这个小山坡上有着一棵

重要而孤独的树

至少于我

没有它的存在，风景就会不安

阳光和鸟鸣，将会

失去一大半

我喜爱的那只爱情鸟，也将

无树可栖

最重要的是我的回忆和怀念搁在哪里

如果没有它

我的思想欲乘凉

这坡上何来树荫？我的诗句要开花

到什么地方

去寻找枝条？我的爱情要安家

到那个丫间去筑巢

唉，思及这些

眼前景物依旧壮观——

落日悬在天边像巨大的红色苹果

多情的风

频频翻动我浅蓝色的衣衫

又一个清晨

黑夜突然发亮

因为红色的高亢鸡啼

让老院子

又显出轮廓的光芒

门前的小溪流

在睡梦中变暗又在醒来时变回碧绿

一坡一坡的高粱

每穗火焰上还滴着露水

小女儿将

云朵般的鹅们，赶到

天空般蔚蓝的水里

而又有两片小恋人般的水葫芦在塘内相聚

亲密无间

母亲在古井边汲水

她俯下身子

那满头的白发，让我想起了昨夜圆月

纷披的清辉

小村之夜

青蛙洗澡

池塘乱叫

鸟声不再像白天一样疯狂地往下砸

热恋的石榴花

快要开败了

圆月如碗，正在深思——将梦

扣在什么地方

狗清醒

人失眠

山村黄昏

天空像我爱着的那些亲人渐渐昏黄

某些灯火因渴念

而提前亮了

我站在老家旧院子的边沿

看面前的荷塘

一想到青蛙

便开始欢叫，一想到回家，就有

几只归鸟

在暮色中赶路

它们全都驮着"母亲这个词一直在流泪"

我必然黯然神伤

因为我的母亲

此时，也驮在一只飞鸟碑一样的背上

我因此更为不安

在这深山

在这夏末即将转为冰凉的初秋

在我想写诗的时候

我爱着的亲人

——快要被我从星空一一数出

唉，黄昏

你真的来得太早

月光中的小院

石头堆着，石头上的月光堆着

远远近近的虫声

堆着，熬夜的花香堆着，父亲和母亲的轻鼾

堆着……唯有鸡的啼叫

不堆着，它分三次

响起：第一次，像沉睡的灯

醒自于床边

第二次，叫声大过小村，像去掉锁的雷

第三次，在五更

肉质的号角，刺穿夜幕

天边的光

亮出鱼肚白

我和妻子惊动

成为早起的人，推窗一望：嗬！黎明到来

星星的睫毛上

还滴着露水，我指着一丛花

对她说：你看

那株香水茉莉，同鸦爪状的梦

大不相同

黄昏中的牧羊人

一个站满夕阳，紫花抖颤的瓮形山坡
渐次暗下的腹部
鸟儿的白色气息
在最后的歌声中纵横成枝丫

牧羊人在羊群里露出了多梦的角
他掏出藏在
前胸衣袍内的玻璃小瓶子，饮下烈酒
饮下天空
西沉的轮廓和黄昏之雾

他被情歌多次喊醒，或者情歌
把他反复唱遍
红色面庞闪光，眼比羊眼
还亮，额上
峰峦之影高耸

有一头公羊，不愿离去

它认为爱情不应该这么早就归栏

于是，它奏起

牧羊人的长笛，吹得母羊

蠢蠢欲动

落日很快苍白，牧羊人已管不住自己

他像一只领头羊

用呼唤作为鞭子，"啪啪"

几响，羊群

跟着他奔跑下山，欢声一片

黄尘滚滚……

寄母亲

悲歌深埋墓穴，母亲长眠

坟上的痛哭，像极

响彻肺腑的白菊花，我不会

在怀念中迷路

也不会在泪水的星斗中

绝望地流浪

母亲，记住，你有一位写诗的儿子

他虽不咋样，但他

可以将落日

写成旭日，将你写成，永远

微笑在他头顶的月亮

薄　暮

这是薄暮，同我年龄

相近的时辰

乌鸦路过我

齐声欢呼："啊，我们又遇上了

那颗

年轻的黄昏星！"

于是，夕阳归家时

一律改用雪的颜色啼叫

听见的人

变得明亮

我正站在梦里：想笋子拔节

想自己，丢掉的

白颜色

并非单单发问

是谁，把这只公鸡关在夜的铁笼子里

是谁，打算将它的红冠

抹黑？是谁，试图用铁封死它的羽翅？是谁

忘记了它的心脏里

养着一轮红日？是谁，对它眼中

熊熊燃烧的怒火

视而不见

是谁，睡在满是荆棘的床上而忘记了它

按住星斗的大爪？是谁

终于听到公鸡的高亢啼鸣，将黑夜

这只笼子彻底震碎

是谁，呼唤出黎明时

方才浑身透亮，大吃一惊

那对青蛙

那对青蛙，在圆圆的荷叶下
鼓一样响

那对青蛙，口唇上
涂着闪电
青色
而不是胭脂一类

那对青蛙，有时对着沉思
有时
并肩微笑

那对青蛙，做爱的片刻
从来不叫

| 卷八 | 在波涛和闪电的灰烬中辨认

疑　难

我爱花又怕花，像一只年迈的蜜蜂

进退两难。那一瞬间

我凝在空中

仿佛一具棺木，忘记了翅膀的拍打，忘记了

花香中的遗址

在花心造墓

那只蜜蜂太匆忙，天天在花丛

飞来飞去，钻进钻出

仿佛探矿人，又像修理工，出没在

滔滔不绝的香气中

我更猜测：这莫不是一个在花心

造墓的人

早出晚归，干得欢欢乐乐，只为逝者，准备

美好的去处，而身上，却没有

背着自己的碑

错　记

我原先记错了，在纸上

写成：水先到，河后流，鱼在岸上飞翔

人在舟中欢饮

浪在滩上痛哭，白鸟走投无路

现在我才

回忆清楚，将它们的顺序

重新排列

并稍作改动，便为：河先到，水后流

岸上飞的不是鱼而是花

举杯的人不在对饮，而在

漩涡沉醉

滩上的浪并非痛哭，而是放声长啸

雾被白鸟之翅剖开

路随即开始在空中盘旋

改写到这里

理应小功告成

略感欣喜，但我依然

余兴未尽

再增补上这样几句：这河上的一切

一切的河上

是真是假，是幻是梦

不能由文字做主，不能由词语评说

只能从波涛的灰烬

和闪电的粉末中

来辨认

依　然

我信任痛苦，一如屡屡靠近多花的悬崖

蝴蝶没有死尽，我就是

其中的一只

依然在陡峭的记忆中飞，依然

将这个伤感的黄昏认作

爱情的清晨

我有许许多多痛苦的支流

这个上午，我站在朝天门码头看风景

先隔着江看过去，看对岸的南山

看南山的梅花，怎样

在张枣的诗句中

落下来。然后，看江上的大客轮，泊在深水

多么的像一座巨大的新房

同时，胡乱猜测——

新房里，是否住着太阳和月亮这对恋人？

然后，反过来看自己

如果把爱情比喻成眼前的长江

当长江往东越流越远

那么，出现的不仅仅只有停靠欢乐的港口

还有我，许许多多

痛苦的支流

梦中开始下雪

梦中开始下雪，床成了白皑皑的原野

太阳只好藏进

蓝枕头中深居，被单上的花朵

停止了汹涌

但我并不像鱼躲在坚冰下凝固浑身的雨滴

也不会像灰色的野兔子

避在洞穴里

摆放皮毛越来越厚的归期

我当是一头雪豹

暂时潜伏

在这永是二月，堆满万吨花香的某处

往事多是迷误，当我数到73的时候

雾散尽了，我变成苍鹰

飞到梦外

独立于山顶

背上驮着晴空，爪下伏着群峰

远方并未冻灰，而且

也并不是

夕阳红得像枯叶

我在内心放好自己，重新返回梦中

雪还在下，下得

越来越大

但我相信：床才是我的天堂

在这里，即便

春暖花开，我的眼神和铁翅

也不会如雪融化

中午的瞬间

那座红色山丘的情感炽热

那条翡翠小溪的

语调平缓

那朵游玩的云忘却了随身携带的花园

那只鸟张口时，整座林子

并不啼鸣

那棵树的名字真好耍，叫作"少看我"

那群红蜻蜓

更是苦不堪言，翅膀上的山峦

被酷日的烈焰

越压越低

燃烧得临近灰烬

清晨的花园

白茉莉奔涌在鸡冠花失眠的红上

沉思的除了园林

就是我

头脑中，露珠的剔透晶莹

我刚侧身，黄花槐上

为何又落下一只蓝羽的鸟？那浅绿的叫声

难以将池边

一架古老的紫藤惊动

但心中，未来的蜜蜂早已嗡嗡起程

它们金色的到达

在各种花里

都会轰鸣，成为一个个多彩的小典礼

这不是我的一夜之梦，也并非

全都美好——

太美好了会致命，太邪恶了

也会伤神

那暗处泛绿的伤痕，恐怕又要被雪的叹息

忽略，并耽误

这清晨的花园，格外的清醒

就连猫的爪上

细微的双蟹座走动

它也能够

如闻洪亮的钟声般

清晰无误地判定

这时，忧伤将我再一次唤醒

这时，忧伤将我再一次唤醒

不是九里香

不是三只白鸟和七朵红云，而是我

自己的泪水

因美好记忆的陶醉

因一只镂花玻璃器皿的失手跌碎

因霓裳黯淡了

因石榴炸裂五月再没有疯狂的燃烧

因七叶树只剩下一片叶子

难道昨天的彩虹崩塌是一种预示

难道石头中的暮年嗅到死亡气息

难道诗歌之鹰忘却了在天穹高傲地翱翔

难道雕像一夜生满青苔

难道时钟的脸真的成为秋天的废园

不！这一切都不真实！这一切如果真实了

就太不应该！爱情

正在路上，苍翠的词语枝条

不会轻易折断

那只痛苦的苍狼，逃得远远……

认　识

那只蜉蝣，生于短诗，死于短信

因为，它们都命短

而月光浇不熄虫声，花香

也不是

一缕缕彩色的烟

古寺秋色

伫立山门

十月也懂肃穆，没有风将我吹响

寂然四望，唯有

桂花飘落

不知枫叶是否在翻动红透的经书？女尼

如同山鬼乘坐在豹的背上

谁这时听到钟磬

敲击今古

谁就会在天空的倒扣中蓦然一惊

如果我进去，菩萨一眼

就能认出

我是一位一部分虔诚，一部分

痴迷的晚秋之辈

他会对我说："小诗人

不用跪拜了，快起来吧，回去好好参悟你的文字

诗坛好残缺！"

古寺在最初的记忆和最近的清欢中

同样崇高

归鸟唤我，群山涌起

暮色庞大

老 马

它吃，倒在花上的嫩阳光

吞下记忆的细火焰

它不餐露

它只饮流水音乐，好似，要让

柔肠晶莹

胃囊成为透明的天堂

噢，它总爱

垂着头，但不轻易将唇亮给地狱看

尤其是有蝴蝶

让它眼帘颤动的时候

那只蝴蝶是我的小爱人

她身子在飘舞，我一眼就能

从一大群蝴蝶中

认出

她是我的小爱人

她讨厌平衡

总是

向左或向右，奇妙地，斜着飞

她眼含泪水

分开空气，一直在记忆中

保持着

对我的完整

她的唇上，没有薄暮

她的六足

是三对沾满花粉的小灿烂

每当她，飞得最低的时候

会急速下降

因为

她已经看到了我

乱　想

站在胭脂河边
怅望
乱想

假若她的前胸有波浪
乳房
绝对荡漾

而我，一条即将干涸的河流
有几滴水，可以
用来
奢侈

小花园

我爱的人和景物不再是小花园

视线已放远

不要像去一遍芳香中

遇到的

尽是开剩的牡丹、玫瑰、昙花和睡莲

只余下茎的诗歌光棍

小花园，除了灵魂

除了需要的林木花草，明丽暗香

还必须添上

翠柳和黄鹂对旧景色的抵抗

死灰复燃的蝉鸣

那群蝴蝶岂愿甘当艳后香妃

它们奋翅一击，打翻了

从前的自己

高高的花蕾里，蜜蜂从花瓣里飞出

不是嗡嗡作响的大惊喜

就是明亮得

让小亭子欢乐得几乎蹦跳起来的长闪电

须臾间，我只问青山的苍茫

不见遍坡野花的静颜

不闻乌鸦

刀一样的啼叫，不忍拂开沿途

成堆的余霞

沉默而过

因为，小花园不再小

我也不再是

爱和诗中，窄如一朵梅的老驿站

| 卷九 | 短闪电

短闪电

1

面对痛苦的群山我只能一瞥而过

2

我的身体里有时是浮云暗动

有时是雁声嘹呖

而更多的时候，是一条叫忧伤的河

滔滔不绝地奔流……

3

我的文字如一群饥饿的狼

敢吃龙肝凤胆

我相信，它们

吐出的一定是光芒

4

我没见过太阳同天空较量
我只明白
太阳同天空相处得十分友好

5

我只可与小溪论长短
我不同大海谈澎湃

6

我是一个既有风暴又有花香的人

7

我不愿在诗歌中打草惊蛇。那样
会将好句子

全吓跑了

8

那群白鹭一掠而过
像干净的闪电

9

我有时，打算用鸟声来爱我
用鸟声来洗我
用鸟声去高过横枝上的花朵
用鸟声穿越我
莽莽的沧桑和苍茫

10

读毕肖普，我没有半吨花香的哀伤
或者5000只蝴蝶流下的泪水

她指我"在一朵野花中看见天堂"

并提示"火炉说：

是时候了。"

我愿成为她的矶鹬

在涛声中

同"断裂的海水来来往往"……

11

花开出一条缝

一道美丽的伤口

闻不到她旧日的香气

唯有一缕缕白烟似的叹喟

掠过春天的鼻前

12

风的饱满与我无关

它只爱苹果

并彻底地从果肉中取走了核

13

噢，那一轮葵花多么的像母亲生下我时的灿烂胎盘

14

我爱上蓝光铁线莲了

爱上她的一茎茎，一梦梦的
绽开，怒放

爱上她用一根带有琥珀、沉香和麝味的细线
把千古的我和千魅的她
牢牢串连

15

这个下午，一堆隆起的花香
让我产生了

孔雀般的惊喜，麻雀样的困惑

我不知道那是坟墓
或是花园？

16

梨花如小雪
惆怅似箫孔

站在二十四桥明月间
我不敢
将任何花苞吹破

我知晓——
吹破就是错

17

你让我坐那把椅子
我犹豫了

因为那把椅子英雄坐过，落日坐过……

18

惊疑！带着惊诧的惊疑
带着惊喜的惊疑：我的诗行中
为什么出现了那么多
蚂蚁的脚印，蝴蝶的肩影？它们莫不是在为我
搬运快要临门的幸福，或者
为伤痛，不再押宝

19

你假装被爱情绊倒，你欢乐着
被压在
球形的云朵下面
像蝴蝶一样
轻轻惊叫

20

海打碎时不来自我的狂恋

21

读完策兰后
我想回到一朵花的内心
在那里，整理爱情中分散的红
同时，扶正
被蝴蝶弄斜了的词语的花蕊

22

一只蜻蜓死在它墨绿的倒影里
死因因累而容光焕发

池中的春水
默默震动，静静哀悼

23

我请天空替我保管好白云
决不能随便丢掉一朵

24

在这个寒冷的夜晚
我把春天抱紧

梦中，一身花香
嫩蕊四溅

25

我有许多弯曲
想对小溪诉说

比如梦中乳白色的伤痕
野蔷薇的红烟一抹

藏在水底的鱼像刀子跃出
顿时，我被
惊得笔直

26

春天一成不变
花朵格外新鲜

我听到了诗句外的马嘶声了

那队从唐朝回来的胖美人
夹杂在
现代的妹妹们中

踏春来啦

27

你这只虫子，要是在果实中

待闷了

那么可以钻一个小洞，伸出头来瞧瞧——

外面，我的闷

比你更多

28

这个时刻真好，我们沉浸在山中

浓荫般的欢畅里

而落日，像糖一样，在天空

慢慢融化

29

今天，我看到帕斯捷尔纳克、曼德尔施塔姆

特兰斯特罗默、米沃什

茨维塔耶娃、阿赫玛托娃、阿米亥

托马斯、威廉斯、普拉斯

策兰、萨拉蒙、巴列霍、沃尔科特

摩尔、史蒂文斯

埃利蒂斯、布罗茨基、艾略特、惠特曼、狄金森

毕肖普、默温……

从世界各地，聚集在我桌面上摊开的一本诗选里

如同在一个湖畔的紫花长廊

相互谈笑

喝词语的咖啡，看文字的云朵

我趁他们不注意时

一页页地打开他们，翻读他们，欣赏他们

我感到：我是

他们诗歌的儿子，肩扛墓碑

手持玫瑰

30

什么样的"尖指甲插进秋风?"

31

如果那只蝴蝶是我的爱人

我要劝她，减少些斑斓，变得

素静一些

32

一阵剧烈的花香袭来

你为什么
要让我摇晃

那么多的欲望之风

我只告诉自己：站稳，就是
小小的壮丽

33

你的天空就是我的天堂
包括阳光，云朵
偶尔
擦过的一只鹰，夜晚乳汁一样流淌的月光

34

櫻桃树，自这个春天

我爱上了你

我尽量

避开其他的花枝

不再害怕蝴蝶打扰

我慢慢地寂静下来

35

你不短

你的长廊

我一生难以走完

它不像这里鸟鸣的长度仅有99米

我被你的紫藤花

覆盖

有时，真的迷路了

36

她会像茨维塔耶娃对里尔克

那样，满怀深情地

带着祝愿的口吻说："你当再次诞生！"

我似乎听到

有一个同样的女人，让同样的话语

在我耳畔响起

是她的海平面，托起我——

旭日样冉冉上升

37

脚已入睡

头在打鼾

心在谈情说爱，手在乳房上

停顿，梦

比猫还美

38

请看，我在写诗

一张雪色的纸上，刚刚站出

几粒乌鸦一样的黑字

39

墨西哥女诗人卡斯特亚诺

让我，看到

这样两行诗句："她的双手从来不做别的事情

只负责关窗"

哦，她一直在为我敞开

她的双手

由10个指头，说出

10字来——

"关窗于我来说如同囚禁！"

40

看见果实的人

不一定沉甸甸

41

在满院的桃花之中

我只想

细写你们：我的小美人

一朵朵，花光闪烁

花香轻溢

仿佛全是些从前的事情

但更像今日

我们，站在阳光下拥抱着欢笑

42

阿多尼斯："我的记忆真是怪，

一座长满各式草木的花园，

就是见不到果实。"

而我没有花园

只有一棵树，它终生只结出两个果实

像对称的我们

像挨在一起的爱恋

43

没有哪个符号能够将我们框在地狱圈里

44

比桃花更浓烈

当她大胆地向我展示

这个

二月的美

因了她，我的春天融尽了残雪

45

爱情不是最好的邻居

而是我的主人

46

这风，已经将我翻来覆去地吹

"有大象低语于我的脚下

在地球的另一边

有狮子缓慢地说着再见"

这风，明晃晃地燃烧

全然不是暗示

这风，烈焰熊熊，照亮了地平线上

更多的大象和狮子

它们吼叫着

要同我再次见面

47

那只飞得很高的鸟

高的不是翅膀

而是天空

恰如我此时坐在椅子中

矮的不是椅子

而是我自己

48

我想被蹂躏

但必须是狮子之吻

大象之足

我忘了疯掉！因我爱上了狮子和大象

它们一点未有

将我弄伤

狮子

像爱情一样守护着我

大象，带领着关爱和思念

大踏步

而来

49

谁能火化太阳？谁能在天空

举行葬礼？

谁能看到鹰像哀乐一样在高处盘旋

经幡飞扬

泪水飘洒

谁的悲痛这么巨大？

太阳死后

只能埋在红彤彤的苍穹之中

50

当海被叫作爱情时

我即

汹涌

51

梦中，我带着一朵俄国的云

回到我的出发地

重庆

这朵云不是最后的玫瑰

而是阿赫玛托娃

她就藏在这朵云的记忆里

我取下这朵云，举在鼻前细嗅

她有着花的苦难清香

还有着诗歌

让人疼痛得战栗的气息

我将这朵云放回她的天空

她不移动，云中坟墓裂开，"命运痛哭"

我极度悲哀与愤怒，仿佛

刚从"某个诗人的葬礼上归来"

52

没有谁更爱你卧在牡丹花丛

想着我做梦

从最初的倾诉

到预言的花开

你把自己全部都准备好了

花床、花瓣、花露

你借着一道闪电交给了我

我明白了：什么叫明亮

53

我们睡着了

在一块

全身绽满梦的花蕊

在这七夕之夜

床也暗自

流下热泪

喜鹊让银河失去两岸

我们

怀着爱

54

旧记忆成了新床单

55

我是你的状元郎

刚从京城返渝
省亲

是你和诗书让我从白衣秀才
换成花翎红袍

虽然"先受了雪窗萤火二十年"

但终于打马归来
满目春色压着绣鞍

56

今天，我不去进庙子，点香烛
拜菩萨，数罗汉，参圣贤

我只在合欢树下
请教爱情——
如何爱人

57

在我寂静的片刻
一群鸟
争吵而过

我一时看傻了眼

竟忘了：桂子已在闲中缓缓地落
槐花待在风中
慢慢地看

58

今夜，许愿灯，生死簿，忘忧草
一齐照耀

怕什么？我依然，壮得
如虎似豹

还有她的小嘴唇像花苞
耻骨在微笑

鸳鸯枕，蝴蝶梦，念奴娇，任何一件
都未少

管什么风月营，莺花城，玫瑰债
我们活得十分香艳

毛边的怨和恨
磨损了的好

59

爱上今夜

不打算逃跑

60

有一朵云坐在天上等你

青山飞不起来

而鸟

能够

鸟可以代替你直上蓝天

同那朵云亲近

你在云中会找出万亩棉花的白

那是你皎洁的母亲

种在天上的怀念

61

不愿把每一根刺认作仇敌

62

别在柿子中等待红得快要燃烧的人

别在核桃上砸出别人的闪电

别在葡萄里

流出明亮的汁水时心情却黯淡了

别在桃子边

碰到桃子里的风流往事

别在青杏

未曾成熟之际去品尝，那样会酸掉

你和诗歌的牙齿

别在疑虑间

将2015的梨子错误地放回2014……

63

人们都喜欢看泰山日出
我独偏爱
明月照天下

64

正当下午的狂风停息
正当痛苦的褶皱
被抚平

她来了

一身绸子
像羽毛柔美的鸟
挺着小乳房
花苞一样不说话

但我知道：她真的来了

65

他不怕走夜路
他的身上带有星斗

66

那些噩梦中的黑玫瑰
既恐怖
又可爱

像一位女人
像一场爱情

虽然时光暗了
但记忆很亮

67

有一次黑夜居然

对着我发问："你还要不要墨水？"

黑夜知道
我伏在桌面的纸张上
已经写了很久

血和泪
即将枯干
只有用墨水来代替

68

想起帕斯捷尔纳克
我就会
情不自禁地，背诵出他的诗句："二月
墨水可以用来痛哭"

但今天，我没有墨水
也不疯狂流泪

俄国虽然旧得仍然很痛

我的追忆和怀念

却新如桃花

69

黑夜来临，而不是黑夜来袭

它那么缓缓地到达

像一位白昼的继承者，面容坦然，举止大方

小心翼翼，生怕

伸手时碰伤了月亮，或者

不经意间

摸掉几粒星星

它暗自对着自己说："一定要

黑得有道理！"

70

我是她的马

一匹白发飘飘的马

我依然带着年轻的地平线飞奔

在旭日和落日之间
变幻着
哒哒而过

71

一匹浑身长满黑毛的狼
瞳仁里
闪射出，白丁香一样的光

72

你不是太爱我了

我感到，窗外的花枝
只开了一半
就退到另外的春天

我等你
其实，我是在等自己

73

快来吧，爱人，我是你新的一天

我们不必再躲避春天
为了你
我可以将珠峰再抬高三公分

你信与不信?

74

一个人决不能在一瞬间丢失掉四季

75

花园的主人应该换人了

真如蝴蝶所料：原来的花开
全是些鲜艳的错误

一大批没有香气的人

在花园

妄自尊大

76

好天气开始了

爱人

我们大胆地爱吧

我还欠你

一句："我爱!"

77

写到这里，茨维塔耶娃

从她的诗中

站到我的面前

她为我朗诵《新年书信：诗八首》

她问我："你幸福吗?"

她接着问："她这根肋骨你爱吗?"
你应不应该："比爱情更清澈。"

我不回答，我只兴高采烈地对着她
问候："新年好!"

站在新地址
绝口不提旧伤痛

78

此时，曼德尔施塔姆
在聚精凝神地
倾听
茨维塔耶娃
那句令灵魂震颤的话——
"来生我将会诞生在一颗行星上，
而不是在一颗彗星上"

而昙花绝对不在她的身上出现

她漫步的路上

只有奇景："那是一棵——花楸树……"

79

废墟总是先于花园到来

尤其对于我

但我毫不抱怨

我总是满怀喜悦地，对着它

大声高呼："向废墟致敬！"

80

我听见过蝴蝶尖叫

那是它第一次得到爱情

春风得意

整座花园微笑

没有谁

愿意用身体来遗忘

81

向天空挥手吧

但辽阔和蔚蓝不可辞别！

| 卷十 | 群山不再纷纷躲闪

晴　朗

今天，蓝得很晴朗，然而

我只写出了

一句诗："我爱天空!"

我的心隐隐疼痛

我的心隐隐疼痛，因了

一朵花的背叛

她让我

从此，不再爱花，但也不将花憎恶

我只是小心地

经过那些

有花的地方，谨慎地避开花香

我们的一长串发问

我们不谈乌云好吗？不谈闪电和雷声

行吗？不谈堆积如山峦

而发青的痛苦

可以吗？不谈爱情的刺和倒不

回去的泪水行不行？不谈

一只狐狸来过

我们中间应不应该？不谈孔雀开屏时

所有绚丽的时光

全部坚定的誓语瞬间烟消云散

能不痛悔吗？唉，我们

越来越远的

距离像快速拉长的地平线

我们的这一长串发问

多么地像

面前的流水，毫无遮掩地

滔滔而去

珍珠与诞生

剖开蚌时得到的珍珠，其实

是女人的泪滴

它们相互磨砺，由软变硬，再由两片

合拢的天空包容

将大海凝成小粒小粒的梦

让人暗自疼痛

战栗不已

啊，母亲重现产床，蚌一样饱满

那剖腹时

产下珍珠一样的我的一刀

至今像闪电

令我终生难忘

问 秋

谁在给我传染枯草的黄？谁在我

写诗的纸上，摆满

旧情人似的落叶？我问窗外的那棵柿子树

它太老，耳又聋，不回应我

只管让儿孙般

繁多的柿子，在山风中碰撞着红

我问门前的小路

它太小，不懂这类问题

蜿蜒着

隐入远处白烟袅袅的大峡谷

最后，我问自己

自己告诉我：你人都秋天了

咋还不知晓呢

当我站在山巅

我在这里收揽我前半生的云烟

一棵大枫树

由73只鸟儿啼出霜红

白云山上有着我的故乡，故乡的白云

决不会因为我的痛苦

而变成乌云

这里，春风告诉我：花朵一定要来

心中没有秋天的人，何来凛冽

站在这里

当金风吹响群山，所有溪流的枝条

就会熠熠闪光

我在这里独立于山巅却感到自己矮了

因为，我突然想起了

崇高的祖先

永远照耀在头顶的太阳

谁说春眠不觉晓

谁说春眠不觉晓？我竟然
被你睡醒了

你的脸形像花园，你的双乳，如同
悬垂于苹果树枝间
在远方的海烟中，美妙地
浮动的孪生双岛

鸟雀不沉默，而云朵也在惊叫，我已经不在
痛苦里半睡半醒，似有
朦胧的藤影，在雪白的墙上
拂动二月的名字

落花不必去细数，只要你，知道
我欢乐的花朵，在心上
又开了多少
就足了，就够了

顺水而下

顺水而下我找到了明快的秋天

在今年七月，自己

清澈之后

我不去问这条河流的浪花或水珠

那座滩的险在哪里

那条鱼为什么

被水折磨出了白发，那丛

岸上的七姊妹花

为何见了一条青色的水蛇

而那样的害怕……

风在做着最好的回答：要问

就去问诞生

这条河流的源头，奔腾不息的过程

和河底的沉睡之星

顺水而下之后我还会逆流而上

沿着问题的反方向

带着自己的倒影，在这澄明如镜的秋天

将风未曾解答完的答案

——找出

山 中

陡峭来临，我却依然跋涉在平坦的内心

飞瀑直下，轰鸣里

藏有千年沉默的圣人，穿过

横在溪水上的小木桥

抬头时，看见

松枝苍劲于安宁，灵魂喜悦于干净

白石上云舒云卷

松果悄悄坠落恰似阴暗后

再次明亮的鸟声

我的面庞驮在鹰背于峰峦之间飞翔

空中行走的树，松开

紧张的风景

我将翅翼上的光——抖落于

上升的上午

噢，当我回到地面，山谷空阔，岑寂，澄明

不但有蓝色的小鸟

落在肩上

细声地告诉我："这个躯体由樟木和香槐构成"

而且还有红色的蝴蝶

带着神秘的叩问，在我雪融的前胸

轻轻敲门

我的河流里有无数不安

鸟声即将涨起来

我的河流里有无数不安

午后稍稍过后

云朵坠落下来，试图

盖住怒涛的愤懑

我不明白这些水在生谁的气？谁又

惹恼了这长长的奔流

是鸟？是鱼？或是

过多的闪电涉水而过？太激动的雷霆

不该在桥中心炸响

狗，更不应该

站在岸上，过早地对着启明星狂吠

我有些失悔，暗自

抱怨：为什么

要强迫山下的一条泥泞小径把我带来这里

这里既没有

悠久的记忆，也没有美好的沉默

除了一幅

险象环生的风景，再难发现：鱼鳃破晓

水藻曼舞，我爱的方式

风平浪静

鸟声已经涨起，一种漩涡状的不安

移至脖颈，我怎能

抱怨自己的河流

怎能指责

另一个我，在这里充满疑问和惊恐

唉！我难道，仅仅于

不知不觉间

卡在了落日的锁孔

面对太阳吧

面对太阳吧，那样，太阳就会爱你

它赠你阳光

但也会

让你的身后或身侧留下阴影

你不必抱怨，不必不满足

不必心乱

太阳只要在你头上

就有照耀

即便天空倾斜，地面落满

光芒的灰烬

在黄昏写诗

纸上浮动暮色，炊烟

在最末的诗行

袅袅升起，那么的垂直，乳白

仿佛月光柔软的身子

此时无风

风都被翅膀急匆匆地带回家了

我留在几个词语间

狗一样徘徊

推着一车晚霞回家

落日不但让天空有了另一种壮丽

而且也让我

多出一个余晖明亮的想法——

在这废弃的砖厂边

借一辆木架结构的手推车，推着

一车晚霞回家

萤火虫

在这辽阔的黑夜，唯一可敬的是

小而明亮的萤火虫

它们像飞翔的星斗，寻梦的小灯笼

忽闪忽闪

明明灭灭，在照遍了郊外

庞大的棺材状

墓地后

又时不时地掠我书房的窗口，它们看见

我还在深宵伏案写诗

感动极了

于是，它们集体商量：尽量

力争为我

多增添一些光亮

待到我写完最后一个字时，才将

自己熄灭

触 及

我的手，触及落日的面庞

那老妇人般

苍凉

透骨的冷，让我肃然起敬

哑默如鸦

图书在版编目（CIP）数据

石榴马 / 华万里著. — 2版. — 成都：四川文艺
出版社，2019.4
ISBN 978-7-5411-5303-7

Ⅰ.①石… Ⅱ.①华… Ⅲ.①诗集—中国—当代
Ⅳ.①I227

中国版本图书馆CIP数据核字（2019）第041979号

SHILIUMA

石榴马

华万里　著

责任编辑　舒晓利　奉学勤
封面设计　鸿儒文轩·书心瞬意
内文设计　史小燕
责任校对　王　冉

出版发行　四川文艺出版社（成都市槐树街2号）
网　　址　www.scwys.com
电　　话　028-86259285（发行部）　028-86259303（编辑部）
传　　真　028-86259306

邮购地址　成都市槐树街2号四川文艺出版社邮购部　610031
印　　刷　三河市华东印刷有限公司
成品尺寸　142mm×210mm　　　　开　本　32开
印　　张　10　　　　　　　　　　字　数　200千
版　　次　2019年4月第二版　　　印　次　2021年4月第三次印刷
书　　号　ISBN 978-7-5411-5303-7
定　　价　48.00元